술 마시고
스텝업

술 마시고 스텟업 4권

초판1쇄 펴냄 | 2018년 07월 10일

지은이 | 홍우진
발행인 | 성열관

펴낸곳 | 어울림 출판사
출판등록 / 2009년 1월 23일 제313-2009-12호
주소 / 경기도 고양시 일산동구 장항동 731 동하넥서스빌딩 307호
TEL / 031-919-0122
FAX / 031-919-0127
E-mail / 5ullim@hanmail.net

값 8,000원

ISBN 978-89-992-4980-8 (04810)
ISBN 978-89-992-4824-5 (SET)

OULIM MODERN FANTASY
술 마시고 스텟업
4
홍우진 현대판타지 장편소설
어울림

목차

술 마시고
스텝업

대구지부

전화를 끊은 권창우가 심각한 표정으로 남궁민을 바라보았다.

"무슨 일 있으십니까?"

남궁민이 권창우에게 묻자 권창우가 대답했다.

"제주에서 난리가 났다는데, 나머지 세 지역에 빨리 초이스들을 보내야겠어. 우선 팀을 나눠야겠다. 강태풍, 류시우, 이설화 불러와 줘."

"넵"

광주, 대구, 부산에 한팀씩 별동대를 보내야 할 것 같았다.

권창우의 소집령에 각 팀의 팀장들이 한곳에 모였다.

권창우의 표정을 보고 심각한 일임을 짐작했는지 분위기는 엄숙했다.

“제주에 나간 회장님께 연락이 왔다. 상황이 많이 좋지 않은 것 같다. 그래서 상, 중, 하급팀을 골고루 섞어서 세 팀으로 나누고 광주, 대구, 부산지부에 보내려고 한다. 아마 그만큼 위험부담이 더 커질 거야. 물론 다섯직원과 회장님과 나, 남궁민도 동참할 예정이다. 그래서 말인데, 강태풍. 팀을 좀 짜줄 수 있겠나?”

“네? 제가요?”

배치의 능력을 가지고 있는 강태풍이라면 좀 더 효율적으로 팀을 짤 수 있을 거라고 생각했다. 권창우는 그만큼 강태풍이 보여준 모습에 신뢰를 보이고 있었다.

“그래. 밸런스를 잘 맞추는 건 너만큼 뛰어난 사람이 없는 것 같아서 말이야.”

“알겠습니다. 언제까지 짜면 될까요?”

권창우는 강태풍의 질문에 미안해하면서 말했다.

“지금 당장 짜야 될 것 같은데?”

강태풍이 권창우의 말을 듣고 종이와 펜을 꺼내들었다.

그리고 무언가를 슥슥 적더니 곧 권창우에게 내밀었다.

“엥?”

“제가 봤을 때 피해를 최소화할 수 있는 길은 이것이 최

선입니다."

"알겠어. 그럼 이대로 진행하도록 할게. 중급팀과 하급팀도 조금 빡센 일정이지만 잘 부탁한다."

"네. 알겠습니다."

권창우는 강태풍이 적어준 종이를 복사해서 팀장들에게 나눠주었다.

그리고 모두를 돌려보내고 우주에게 전화를 걸었다.

"여보세요. 네, 회장님. 팀 나눈 사진 보냈습니다. 강태풍에게 팀을 짜달라고 했더니 그게 최선이라고 하더라고요."

"잠깐만."

우주는 전화를 받다말고 권창우가 보내준 사진을 보고 피식 웃었다.

"강태풍, 이 녀석. 날 너무 믿는것 아니야?"

"뭐, 회장님이라면 혼자서라도."

강태풍이 광주, 대구, 부산으로 나눈 팀 명단은 이러했다.

[광주팀 — 박우주. 혼자서도 충분할 거라 예상.]

[대구팀 — 권창우, 강태풍과 중급팀과 하급팀 전원.]

[부산팀 — 남궁민, 적설진과 상급팀 전원.]

다섯직원은 아카데미 관리를 위해 제외했다고 한다.

밸런스를 봤을 때 제일 위험한 것은 역시 광주팀이었다.

"뭐, 좋아. 광주는 내가 혼자 가도록 할게."

적어도 죽지 않을 자신은 있었다.

시간이 촉박했기 때문에 이렇게라도 한번에 소탕해야만 했다.

"어, 내일 오후에 출발하는 걸로 하자. 애들은 바로 아카데미로 돌려보낼게. 그래, 수고해."

권창우와의 전화를 끊고 우주가 침대에 몸을 던졌다.

오늘따라 유난히 술이 마시고 싶어졌다.

"애들 불러서 술이나 마셔야겠네."

* * *

다섯직원과 간단하게 술을 마시고 잠든 우주는 다음 날, 바로 광주로 향했다. 다섯직원은 아카데미로 복귀하라고 말해 둔 상태였다.

비행기를 타고 광주공항으로 향한 우주는 기내식을 먹으면서 해장을 했다. 공항에 도착하자마자 우주는 세계주류의 광주지부가 어디에 있는지부터 파악했다.

역시 외곽 쪽에 붙어 있었다. 대체 왜 외곽 쪽에 술을 파는 곳을 만들어 놨는지, 다음에 세계 주류의 회장을 만나면 꼭 물어봐야겠다고 생각했다.

곧 우주는 제운종을 펼쳐서 달리기 시작했다.

만약 광주지부마저 괴멸되었다면 우주는 대구와 부산지부를 공격하는 것을 다시 생각해보았을 것이다. 괴멸될 정도의 타격이라면 다른 지부 또한 무사할 확률이 적었다.

그만큼 다른 팀들도 위험해 진다는 의미였다. 우주는 빠른 몸놀림으로 광주지부까지 도착했다. 다행히 광주지부는 제주지부와 다르게 멀쩡한 모습을 유지하고 있었다.

"게이트는……?"

늘 찾던 대로 게이트를 둘러보려던 우주는 본능적으로 몸을 눕혔다.

슈욱!!

머리위로 거대한 돌 하나가 날아가는 것을 본 우주가 주변을 빠르게 살폈다. 오우거였다.

"오우거가 저렇게 돌아다닌다고?"

저렇게 몬스터가 돌아다닐 때까지 아무런 조치를 취하지 않았다는 사실에 우주는 빠르게 주변을 살폈다.

다행히 우주 말고 다른 사람들은 없는 것 같았다.

난동을 피우기 전에 오우거를 처치해야만 했다. 우주는 재빠르게 오우거한테 달라붙었다. 이미 오른손에는 태극검을 펼치기 위해서 술병을 꺼내든 상태였다.

우주에게는 역시 검보다 술병이 더 잘 어울렸다. 기만 잘

조절한다면 술병으로도 충분히 오우거를 때려눕힐 수 있었다.

기주를 한모금 마신 우주가 술을 오우거에게 뿌렸다.

"알코올 포이즌."

술이 독으로 변했다. 강력한 독이 되어버린 술은 오우거에게 닿자마자 오우거의 몸을 녹여버렸다.

"쿠어어!"

오우거의 비명을 들으면서 우주가 술병으로 태극검의 기수식을 취했다. 곧 우주가 태극혜검을 술병에 시전하여 오우거의 거대한 몸집을 수십번 타격했다.

근육들이 비명을 지르면서 오우거는 말 그대로 맞아 죽었다. 술병으로도 충분히 잘 싸울 수 있었다.

우주는 근처에 있을 게이트를 찾기 시작했다. 오우거가 나왔으니 게이트의 몬스터들도 오우거일 확률이 높았다. 우주는 광주지부 근처를 한바퀴 빙 돌았다.

그래도 게이트가 보이지 않자 이번에는 광주지부 안으로 들어갔다. 아이스골렘 때처럼 게이트가 내부에서 생성되었을 수도 있었기 때문이다.

아니나 다를까 계단을 타고 건물 옥상으로 올라간 우주는 옥상에 형성되어 있는 게이트를 발견할 수 있었다.

"와, 이번엔 옥상이냐."

땅속에 있질 않나, 게이트가 나타나는 위치도 다양하다

고 생각하면서 우주는 게이트로 진입하기 전에 권창우에게 메시지를 보냈다.

* * *

권창우는 강태풍과 함께 대구로 향하고 있었다.

중급팀과 하급팀 전원이 참여한 원정인 만큼 이동하는 것이 조금 힘들긴 했지만, 부산보다는 가까운 편이라서 얼추 비슷하게 도착할 것 같았다.

남궁민과 적설진 그리고 나머지 상급팀은 부산으로 향했다. 각자 게이트를 하나씩 클리어하고 오라는 임무를 받은 만큼 부담감을 가지고 있었다.

"여보세요. 네, 회장님. 오우거요? 알겠습니다."

우주의 전화를 받은 권창우가 대답하고 전화기를 내려놓았다. 강태풍은 권창우의 전화 통화를 듣고 물었다.

"오우거요?"

"광주지부에 도착했는데 아무래도 오우거가 나오는 게이트인 것 같다고 말씀하시더군."

"오우거면 혼자서 힘들 수도 있겠네요."

그래도 걱정은 되지 않았다. 천하의 박우주를 해할 수 있는 존재는 없다고 강태풍은 생각했다.

최강의 초이스, 그건 바로 우주를 뜻하는 말이었다.

"뭐, 회장님께 걸렸으니 오히려 오우거의 명복을 빌어줘야지."

권창우의 말에 강태풍이 동의했다. 강태풍은 대구지부에 어떤 몬스터가 나올지 몰랐기에 중급팀과 하급팀의 실력을 120% 끌어올려야만 했다.

물론 권창우가 있어서 웬만한 몬스터에게 쉽게 당하지는 않을 것이다. 하지만 권창우는 보스몹을 상대하게 만들어야만 했다. 보스몹이 그리핀같은 녀석이라도 나오는 날에는 몰살당할 수도 있었다.

그렇기 때문에 만약을 대비해서 보스몬스터가 아닌 일반몬스터 정도는 중급팀과 하급팀이 상대할 수 있어야 했다.

"저희도 도착했네요."

권창우팀은 이른 아침부터 버스를 운전해서 이곳, 세계주류 대구지부에 도착했다.

멀쩡해 보이는 외관을 보고 다행히 아직까지는 아무런 문제가 없다고 생각했다.

"이거 게이트가 너무 대놓고 있는데?"

대구지부에 들어가는 문으로 보이는 곳에 게이트가 진을 치고 있었다. 권창우는 강태풍을 바라봤다.

강태풍이 고개를 끄덕이자 류시우를 필두로 한 중급팀과 이설화를 필두로 한 하급팀이 게이트를 향해 나아갔다. 그리고 권창우가 이들의 가장 선두에 섰다. 그렇게 대구지부에 생성된 게이트에 권창우팀이 진입했다.

* * *

남궁민은 적설진과 강태풍을 제외한 상급팀과 함께 부산 지부로 향했다. 서울에서 부산까지 비행기를 타고 왔기에 금방 도착했다.

세계주류, 부산지부는 부산의 외곽 쪽이 아니라 바다와 가까운 쪽에 위치해 있었다. 곧 부산지부에 도착한 남궁민 팀은 바다 속을 돌아다니는 해양몬스터를 발견했다.

"처리할 수 있을까?"

"얼릴까요?"

남궁민의 말에 적설진이 진지하게 바다를 일부분이라도 얼려버릴지 고민했다. 남궁민은 적설진의 말에 피식 웃어 보이고 게이트를 찾았다.

"바다 속에 있는 것 같네요."

바다 속에서 게이트에서 새어나오는 빛이 희미하게 보였다. 적설진은 상급팀 모두와 바다 속으로 진입할 준비를 했다. 게이트 속으로 들어가야 몬스터를 처리할 수 있을 테니까 말이다.

"그럼, 진입하겠습니다."

적설진이 먼저 앞으로 나서자 남궁민이 피식 웃었다. 아주 자신감이 넘치는 상급팀이었다.

남궁민은 부산지부에 생성된 게이트로 들어가기 전에 권창우와 박우주에게 문자를 남겼다.

[부산지부, 해양몬스터 발견. 바다 속에 있는 게이트로 진입합니다. 그럼 건투를 빌겠습니다.]

"자, 진입하자."

그렇게 바다 속으로 남궁민팀이 들어갔다.

* * *

[오우거의 대지에 진입하셨습니다.]

[리자드맨의 소굴에 진입하셨습니다.]

[해양왕국에 진입하셨습니다.]

세 알림창이 뜨는 것을 우주시스템, 노아가 지켜보고 있었다.

"결국 대한민국에 있는 세계주류 근처에 생성한 게이트를 전부 활성화 시키겠군."

박우주의 행보는 노아도 주목할 만 했다.

확실히 다른 초이스들과 달리 박우주는 처음부터 특별

취급을 받은 케이스였다.

선택받은 자라고 불리면서 세계 최고의 초이스라고 소문이 자자한 모습을 보고 노아가 코웃음을 쳤다.

"흥, 술 냄새가 진동하는 초이스 따위가 뭐가 대단하다고 저 난리들인지."

이렇게 말했지만 노아도 박우주의 능력과 실력만은 인정하고 있었다. 지금 박우주를 쫓아갈 수 있는 초이스는 단 한명도 없었다.

"이러면 재미가 없잖아? 안 그래?"

몬스터들도 박우주의 성장속도를 따라가지 못할 것이다.

역시 초이스를 견제할 수 있는것은 초이스밖에 없었다.

노아는 모든 일을 수월하게 진행하는 우주가 괜히 괘씸해졌다.

"아주 조금만, 도움을 주면 너와 비슷한 정도의 초이스를 만들 수 있어. 기대해."

우주시스템 노아의 웃음소리가 차원과 차원의 사이에서 울려 퍼졌다.

* * *

[오우거의 대지에 진입하셨습니다.]

[오우거의 영향권에 들어오셨습니다. 숲속에서 이동속도가 감소합니다. 기력이 감소합니다.]

[*B급 게이트(오우거의 대지)]
—트윈헤드 오우거를 쓰러뜨려라.
—오우거(0/5)
—트윈헤드 오우거(0/1)
—보상 : ???
—실패시 패널티 : 중상
수락하시겠습니까? (Y/N)

우주는 게이트에 진입하자마자 보이는 메시지 창을 보고 눈을 동그랗게 떴다.

트윈헤드 오우거를 잡으라는 메시지 때문이다.

일반 오우거 정도는 어떻게 해보겠는데, 트윈헤드 오우거는 덩치와 힘이 더 크고 셀것이 분명했다.

생각보다 난적을 만났다고 생각하면서 우주는 주변을 정찰하기 시작했다.

"혼자보단 둘이 났겠지?"

오우거 다섯마리와 보스급 몬스터 한마리를 혼자서 쓰러뜨리기엔 솔직히 무리가 있었다.

"스킬 '블랙 앤 화이트' 시전."

['블랙 앤 화이트'를 시전합니다. 투견, 스카치테리아를 소환합니다.]

"크르릉……."

투견이라기에 험상궂고 덩치가 좋은 투견이 소환될 줄 알았다. 하지만 정작 소환된 것은 엄청난 귀여움을 자랑하는 강아지였다. 우주는 어째서 이 강아지가 투견인지 알 수 없었다.

그렇게 귀여운 강아지에 시선을 빼앗긴 사이 오우거 다섯마리가 우주를 포위했다. 우주는 한숨을 쉬면서 결국 오우거 다섯마리도 자신이 처리해야겠다고 생각했다.

"후… 미안하다. 지금 널 돌봐줄 여유가 없을 것 같아."

스카치테리아는 오우거 다섯마리의 주먹이 내리꽂히고 있는것을 확인했다.

곧 재빨리 우주의 품에서 빠져나가 순식간에 이동했다.

귀여운 모습과 다르게 스카치테리아는 날카로운 발톱으로 순식간에 오우거 다섯마리의 주먹을 베어버렸다.

우주는 스카치테리아의 엄청난 활약에 트윈헤드 오우거의 위치를 찾기 시작했다. 앙증맞은 모습의 스카치테리아는 다시 우주의 품에 안겼다.

"내 동족들을 아프게 한것이 네놈인가?"

[경고! 트윈헤드 오우거가 나타났습니다!]

그때, 우주의 전신이 그림자에 가려지기 시작했다.

어마어마한 덩치에 머리가 두개 달린 오우거가 우주를 내려다보고 있었다.

본능적으로 위험을 느낀 우주가 제운종을 펼쳐서 순식간에 트윈헤드 오우거의 공격 사정권 밖으로 벗어났다.

"어… 그건 내가 아니긴 한데……."

원래 애완동물이 저지른 실수는 주인이 배상해야 했다.

어느새 애완동물로 전락한 스카치테리아가 눈을 깜빡거렸다. 우주는 스카치테리아를 잠시 내려놓고 다시 술병을 들었다.

트윈헤드 오우거가 주먹을 뻗는것이 느껴졌다.

우주는 뻗어오는 트윈헤드 오우거의 주먹에 기주 하나를 던져버렸다.

"알코올 포이즌."

자연스럽게 트윈헤드 오우거의 주먹이 술병을 깨어버렸다. 깨진 술병에서 새어나온 술은 그대로 트윈헤드의 주먹을 덮쳤다.

"크아악!!"

'알코올 포이즌'의 효과로 독으로 바뀐 술은 트윈헤드 오우거의 주먹을 녹이기 시작했다. 우주는 아까 전에 써먹었던 공격방식을 그대로 사용했다. 스킬을 효율적으로 사용해서 트윈헤드 오우거에게 데미지를 준 우주가 얼마 전에 받았던 마그마 쇠사슬을 꺼내들었다.

['마그마 쇠사슬'을 장착하시겠습니까?]

속으로 '장착'이라고 중얼거린 우주는 오른손에 쇠사슬을 잡고 말했다.
"죽어."
우주가 쇠사슬을 휘둘렀다. 쇠사슬은 트윈헤드 오우거를 휘감았다. 트윈헤드 오우거는 갑자기 쇠사슬이 자신을 감아오자 극심한 통증을 느꼈다. 그리고 본능적으로 자리를 피해야 한다는 것을 깨닫고 몸을 피하려 했다.
"늦었어. 스킬 '마그마 속으로' 시전."

[스킬 '마그마 속으로'를 시전합니다. 쇠사슬에 휘감긴 대상이 마그마 속으로 끌려들어갑니다.]

쇠사슬에서 마그마가 새어나오기 시작했다. 트윈헤드 오우거는 고통에 몸부림쳤다. 지금 트윈헤드 오우거는 살아서 지옥을 맛보는 기분이었다.

"크아악!!"

우주는 가만히 두어도 죽을 운명의 트윈헤드 오우거가 점점 불쌍해졌다.

"이제 그만 쉬어라. '윈드 오브 썬더.'"

마그마 속으로 끌려들어가던 트윈헤드 오우거에게 한줄기 번개가 떨어져 내렸다.

"컥!!"

[트윈헤드 오우거를 쓰러뜨렸습니다. 보상이 주어집니다.]

[오우거의 대지를 클리어하셨습니다. 레벨이 상승합니다. 대지의 조각을 획득합니다.]

압도적인 실력으로 오우거 다섯마리와 트윈헤드 오우거를 처리한 우주가 다시 스카치테리아를 품에 안아들었다.

이걸로 세계 주류, 광주지부 근처에 있던 몬스터도 소탕을 완료했다.

한번 클리어된 게이트는 초이스들이 다시 이용할 수 있긴 하지만, 첫번째로 클리어한 사람이 허락을 하지 않는 이상 들어갈 수조차 없었다.

보상과 얻게 된 아이템이 궁금했지만 우주는 일단 다른 지부와의 연락을 시도했다. 다른 지부도 지금쯤이면 슬슬 결과가 나왔을 것이기 때문이다.
권창우와 남궁민이 함께한 전투여서 크게 걱정이 되지 않았다. 우주는 전화기를 꺼내 권창우의 번호를 눌렀다.

* * *

권창우는 강태풍을 필두로 중급팀과 하급팀을 데리고 대구로 향했다. 외곽에 있을 거라고 생각했던 세계주류, 대구지부는 대구의 중심지라고 불리는 동성로에 위치하고 있었다.
"왜 이번에는 중심지에 있는 걸까?"
권창우는 강태풍한테 물었다. 분위기가 좋지 않았다.
사람이 밀집되어 있는 동성로에서 몬스터라도 나타난다면 엄청난 인명피해를 입을 수도 있다.
심각한 표정의 권창우가 팀원들을 둘러봤다. 사람이 너무 많이 돌아다니고 있었다. 이 상황에서 몬스터가 등장한다면 조금 위험한 상황이 연출될 수도 있었다.
"어떻게 하죠?"
"일단 대구지부의 상황부터 파악하자."
권창우는 일단 강태풍과 먼저 대구지부로 진입해보기로 했다. 아직까지 게이트가 나타나지 않았는지 대구지부 안에는 많은 사람들로 북적이고 있었다.

"아직까지 문제는 없는 것 같은데?"

"그러게요."

권창우가 계산대로 가서 지부장을 찾자 지부장이 나타났다.

"무슨 일이신가요?"

"아, 저희는 UN그룹에서 나왔습니다."

권창우가 UN그룹의 이야기를 꺼내자 대구지부장의 눈빛이 진중해졌다. 무슨 일이 있음을 짐작한 권창우가 주위를 돌아보았다.

"안으로 들어가시죠."

"네. 알겠습니다."

매장 안쪽에 사무실로 들어온 권창우는 세계주류, 대구지부장에게 그동안의 사정을 들었다.

대한민국에 있는 지부 중에 서울지부 다음으로 중요한 지부가 바로 대구지부라고 한다. 유동인구도 많고 매출도 서울 다음이었다. 그래서 대구 지부가 다른 지부들처럼 몬스터의 공격을 받게 되면 굉장히 곤란한 상황에 빠지게 된다는 것이다.

"UN그룹이면, 초이스들이십니까? 그렇다면 최대한 빠른 시간 안에 도와주실 수 있을까요?"

"네?"

다급해 보이는 지부장의 말에 권창우가 의아한 표정을

지었다. 강태풍은 사무실에 들어오자마자 여기저기를 둘러보느라 바빴다.

"저, 이야기 와중에 죄송한데… 제 생각대로라면 여긴 지금……."

강태풍의 말에 지부장이 고개를 끄덕였다.

"네, 맞습니다. 이미 대구지부는 게이트화(化) 되고 있습니다!!"

배치가 완전히 뒤틀리고 있었다. 강태풍은 그것을 알아채고 무언가 이상함을 느꼈던 것이다.

"아무런 전조 현상 없이 지부가 게이트화 된다고요? 몬스터는요?"

권창우는 대구지부 전체가 게이트화 되고 있다는 말에 주위의 기를 살폈다. 크게 이상한 점은 보이지 않았다.

"네. 신기한 건 몬스터는 코빼기도 보이지 않더라고요. 그래서 이렇게 장사도 계속하고 있습니다."

너무 위험했다. 만약 몬스터라도 나온다면 어마어마한 사상자가 발생할 것이다. 그걸 미연에 방지하기 위해서라도 당장 영업을 중지해야만 했다.

"지금 당장 사람들을 내보내세요. 이대로 있다가는 모든 사람들이 위험해집니다."

"하지만……."

"당장이요!!"

권창우가 버럭 소리를 질렀다. 무엇보다 사람의 목숨이 가장 우선시 되어야만 했다.

“네. 알겠습니다.”

지부장의 확답을 받아낸 권창우는 제발 사람들이 빠져나갈 때까지 아무 일이 없길 바랐다.

쾅!!

“꺄악!!”

“몬스터다!!”

“도망쳐!!”

그 순간에 폭음과 비명이 사방에서 메아리쳤다.

깜짝 놀란 권창우와 강태풍이 비명소리가 난 곳으로 뛰쳐나갔다.

“무슨 일이지?”

“배치가 더 심하게 뒤틀리고 있습니다! 몬스터가 나온 것 같습니다.”

대구지부 전역에서 희미한 빛이 새어나오기 시작했다.

“태풍아. 애들 데리고 와.”

“네, 알겠습니다!”

강태풍이 빠르게 중급팀과 하급팀이 있는 곳으로 향했다. 권창우는 가장 강한 기가 느껴지는 곳으로 달리기 시작했다.

[리자드맨의 소굴에 납치되었습니다. 모든 리자드맨과 리자드맨 킹을 소탕해야 나갈 수 있습니다.]

[*C급 게이트(리자드맨의 소굴)]
—리자드맨 (0/100), 리자드맨 킹(0/1)을 쓰러뜨려라.
—보상 : ???
—실패시 패널티 : 경상
수락하시겠습니까? (Y/N)

"젠장."
리자드맨이 100마리나 나타났다. 납치라는 개념을 사용하는 게이트는 처음이었다. 권창우는 중급팀과 하급팀이 오기 전까지 인명구조에 힘을 써야겠다고 마음먹었다.
"류시우, 이설화!"
중급팀과 하급팀도 대기하다가 게이트의 불빛을 보고 대구지부 앞으로 다가온 상황이었다. 그랬기에 강태풍은 밖으로 나오자마자 중급팀과 하급팀과 마주칠 수 있었다.
"지금 당장 안으로 진입한다! 최우선 과제는 인명을 구조하는 것! 사람들의 목숨을 최우선으로 생각해라!"
"네, 알겠습니다!"

[리자드맨의 소굴에 진입하셨습니다. 납치된 사람들이

있습니다. 납치된 사람을 구하시오!]

[*C급 게이트(리자드맨의 소굴)]
—납치된 사람(0/324)
—보상 : 명성
—실패시 패널티 : 납치된 사람들의 죽음.
수락하시겠습니까? (Y/N)

324명이나 납치되었다는 메시지에 류시우랑 이설화가 수락을 누른 후 인상을 찌푸렸다. 너무 많았다.

"납치된 사람 324명이랍니다."

"리자드맨 소탕 메시지는?"

강태풍은 중급팀과 하급팀이 맡은 임무가 안에 있던 초이스들이 받은 임무와 다르다는 것을 알고는 중급팀은 권창우를 도와서 리자드맨을 소탕하라고 지시했다.

대구지부 전체가 게이트화 할 줄은 몰랐다. 하지만 오히려 이곳에 많은 인원을 데리고 온것이 다행이라고 강태풍은 생각했다. 만약 우주 혼자서 이곳에 왔다면 사람들을 많이 구할 수 없었을 것이다.

"그럼 부탁드리겠습니다."

"넵!"

"망할. 다 뒤져라!!"

중급팀원 한명이 리자드맨을 발견하고 뛰어들었다.
류시우에게 권창우를 도우라는 말을 남기고 강태풍과 이설화는 하급팀을 도와 사람들을 구하기 시작했다.
"출구 앞쪽에 얼음벽을 쳐주세요!"
"네, 알겠습니다!"
"그럼 나머지 사람들은 이 벽 뒤로 사람들을 모아주시면 감사하겠습니다!"
이설화의 부담이 클 수 있었지만 사방이 뚫려 있는 대구지부 안에서는 이렇게라도 막아야만 했다. 그렇게 강태풍은 리자드맨을 가볍게 상대하면서 사람들을 구했다.
"꺄악!!"
"멈춰라!!"
한편, 권창우는 인간들을 살상하려는 리자드맨을 하나 둘씩 베어 넘기고 있었다. 생각보다 많은 사람들이 세계주류, 대구지부 안에 있었다. 게이트 바깥 역시 사람들을 피난시키고 있을 것이다.
권창우는 하나 둘씩 늘어나는 리자드맨의 시체들을 보면서 점점 마음이 다급해졌다. 강태풍이라면 사람들을 어느 정도 구할 수 있을 테지만, 모든 사람을 전부 구하기에는 인원이 부족했다.
"그리고 이 강력한 기운은……!"
리자드맨 킹의 기운이 점점 가까워지고 있었다.

리자드맨 킹을 상대하게 된다면 다른 리자드맨을 상대할 초이스가 없었다. 권창우는 속전속결로 처리해야겠다고 생각하면서 태극혜검의 기수식을 준비했다.

화르륵.

그때, 대구지부의 한쪽에서 불길이 일어났다.

"설마……."

이런 상황에 불이나면 안 된다. 권창우는 사자후를 내질렀다.

"강태풍!!!"

강태풍은 권창우의 사자후를 듣고 불길이 일어나는 것을 발견했다. 이설화가 출구에 묶여 있어서 저 불은 스스로 진압해야만 했다.

"갑니다!!"

근처에서 소화기를 잡아챈 강태풍이 빠른 속도로 불길 앞으로 다가갔다. 권창우 역시 불길 쪽으로 제운종을 사용해서 날아오다시피 도착했다.

퍽!

"컥."

권창우가 내려서는 지점에 거대한 몽둥이가 휘둘러졌다.

직격타를 맞은 권창우가 수많은 술병들을 깨면서 날아갔다. 갑자기 나타난 리자드맨 킹의 공격이었다.

강태풍은 권창우가 날아가는 것을 보고도 화재를 진압하는 것을 멈추지 않았다.
지금은 불이 나지 않게 하는것이 더 중요했다.
"류시우씨!!"
리자드맨 킹은 중급팀에게 맡길 수밖에 없었다.
마침 리자드맨 킹은 불을 끄고 있는 강태풍을 보고 다시 한번 몽둥이를 내려치려는 상황이었다.
그것을 본 류시우가 염력으로 리자드맨 킹의 움직임을 저지했다. 류시우는 리자드맨을 처음 본것이 아니었다.
예전에 처음으로 몬스터를 죽여서 그가 초이스가 될 수 있게 해준것이 바로 리자드맨이었다.
그때 처음 죽였던 리자드맨도 불을 사용했다.
리자드맨 킹 또한 전신이 화염에 휩싸여 있는 모습이었다.
"저지하세요! 나머지 팀원들은 화재부터 진압해주세요! 지금 불이 나면 일반인들은 다 죽습니다!!"
"이런… 망할!!"
"빨리 소방차 불러!!"
중급팀원들이 소리치는 모습을 들으면서 강태풍은 소화기를 집어던졌다. 일단 화재진압팀이 생겼으니 류시우와 힘을 합쳐서 리자드맨 킹부터 쓰러뜨리기로 마음먹은 것이다.

"류시우씨. 지금부터 제가 움직이라는 대로 움직이세요."

강태풍의 눈에 류시우와 함께 근처의 지형지물과 리자드맨 킹이 투과되었다.

"크크, 하찮은 것들아. 감히 나를 너희 같은 것들이 막아보겠다고?"

리자드맨 킹의 목소리가 강태풍과 류시우의 귀를 파고들었다. 그리핀처럼 말하는 몬스터를 처음 본 강태풍과 류시우의 동공이 확장되었다.

후웅!!

"피해!!"

리자드맨 킹의 몽둥이가 다시 한번 휘둘러졌고 강태풍의 외침에 류시우가 움직였다. 염력을 쓸 시간도 없이 바닥으로 몸을 던져서 겨우 공격을 피할 수 있었다.

"위!!"

하지만 끝난것이 아니었다. 강태풍의 외침에 귀를 기울인 류시우가 위를 보지도 않고 염력으로 방어막을 쳤다.

곧 강한 진동과 함께 리자드맨의 몽둥이가 류시우의 머리 바로 위에서 염력과 힘겨루기를 했다.

"이상한 기술을 쓰는군."

"너야말로."

"본부장님!"

권창우가 리자드맨 킹의 머리통을 주먹으로 갈겨버렸다.

"크아악!"

"셋이나 이놈한테 묶여 있을 필요 없다. 류시우, 염력으로 사람들을 전부 빠르게 뒤로 던져서라도 대피시켜. 강태풍. 중급팀을 진두지휘해서 나머지 리자드맨들을 처리해라. 저놈은 나 혼자서라도 충분해."

권창우가 검을 들지 않고 주먹을 꺾는 모습을 보고 강태풍이 고개를 끄덕였다. 권창우의 전신에서 어마어마한 기가 요동치고 있었다. 예전에는 부드러운 기운이었는데 지금은 모든것을 멸할 것 같은 기운이었다.

"네. 알겠습니다."

"크윽, 넌 뭐냐? 하찮은 녀석치고는 힘이 센 편이군?"

"나? 네 목숨을 가져갈 저승사자다."

권창우는 주먹에 강력한 기를 모았다. 무당이 낳은 괴짜, 권왕의 제자인 권창우는 무당파의 무공과 다른 성격을 무공을 하나 더 가지고 있었다.

바로 패도적인 권왕의 무공이었다.

모든것을 부술 수 있어야 사용할 수 있는 권법이 바로 권창우가 배운 주먹이었다. 세가출신이지만 무당파에 방계로 들어가서 무공을 배워 나온 괴짜, 권왕이 창안한 태극멸권(太極滅拳).

"너같은 놈 상대할 시간 없다. 죽어."

권창우의 주먹이 빛을 뿜어졌다. 리자드맨 킹은 그 빛을 보고 입을 벌렸다. 입에서 화염을 토해내려던 순간, 빛이 리자드맨 킹의 전신을 집어삼켰다.

[리자드맨 킹이 죽었습니다. 리자드맨들의 기세가 하락합니다. 보상이 주어집니다.]

보스몹이 쉽게 죽어버리자 나머지 리자드맨들을 청소하는 것은 아주 쉬웠다. 하지만 그 사이 사상자가 발생하는 것을 막을 수는 없었다.

권창우가 원 펀치로 리자드맨들의 쓰리 강냉이를 털어버렸지만 그래도 게이트에 납치된 사람들 모두를 구할 수는 없었다.

그렇게 리자드맨 100마리를 모두 잡자, 사람들은 대구 지부에서 해방될 수 있었다. 아무래도 내일 뉴스 일면에 실릴 것 같았다.

[리자드맨의 소굴을 소탕하셨습니다. 레벨이 상승합니다. 게이트가 활성화되었습니다. 밖으로 나갈 수 있게 되었습니다.]

[납치된 사람들을 전부 구하지는 못했으나, 사람들을 구

해서 인망이 상승합니다. 스텟 '인지도'가 생성됩니다.]

[인지도 : 300]

권창우는 인지도 스텟 300이 구한 사람들의 숫자라는 것을 알 수 있었다.

즉, 324명 중 24명이 해를 입었다는 말이었다.

"제기랄……."

지잉지잉.

그때였다. 권창우의 휴대폰이 울리기 시작했다.

* * *

한편, 부산지부로 떠난 남궁민과 적설진 그리고 상급팀은 바다에서 해양몬스터를 상대하고 있었다.

"바다 속에서 숨을 쉴 수 있다니 이거 정말 대단한데요?"

"대단한 건 대단한 것 같은데… 무슨 원O스도 아니고."

상급팀원들은 예전에 유명했던 만화의 주인공을 떠올렸다. 밀짚모자를 쓴 주인공처럼 해적왕이 될것도 아닌데, 해양몬스터를 보게 될 줄은 몰랐기 때문이다.

하지만 놀라운 것은 그런 해양몬스터들을 수월하게 상대하는 초이스들이었다. 물에서 싸워본 경험이 많은 것도 아닐 텐데, 생각보다 잘 싸우고 있었다.

"해양몬스터도 별거 아니네요."

"그래도 조심하도록."

채민아의 목소리에 적설진이 말했다. 방심을 하게 되면 뜻하지 않는 실수를 범하게 될 수도 있었다.

수공을 익혔는지 물속에서 당민우는 자유자재로 돌아다니며 해양몬스터를 도륙하고 있었다. 최진수는 마법으로 당민우가 쉽게 해양몬스터를 도륙할 수 있도록 보조해주었다. 이렇게 물속에서 자신의 능력을 다 발휘할 수 없는 초이스들은 적당히 보조를 하는 상태였다.

"그런데 여기도 보스몬스터가 있을 텐데, 왜 시스템에는 보스몹에 대해서 일언반구도 언급이 안 되었을까요?"

적설진은 권창우에게 물었다. 부산지부에 생성된 게이트에 진입할 때, 시스템은 보스몹에 대해 아무런 정보도 주지 않았다. 처음에는 대수롭지 않게 생각했는데, 생각할수록 이상하긴 했다.

"그러게. 다른 지부에서도 그리핀 같은 보스몬스터들이 꼭 등장했는데 말이야."

남궁민은 물속에서 주변을 돌아보았다. 해양몬스터는 그들을 계속해서 공격해 오고 있었다.

마치 시간을 끌려는 행동 같았다.

"안에 없다?"

"네?"
바다 속에 보스몹이 존재하지 않았기 때문에 시스템에 노출이 되지 않은 것이다.
"최대한 빨리 해양몬스터를 모두 처리한다."
"네. 알겠습니다."
만약이지만 부산지부의 보스몬스터가 게이트를 자유자재로 드나들 수 있는 그리핀 같은 몬스터라면 위험부담이 엄청나게 높아질 수도 있다.
남궁민은 일단 남은 해양몬스터를 모조리 처리하고 보스몬스터를 기다려야겠다고 생각했다. 검을 뽑아든 남궁민의 검에서 번개의 기운이 뿜어져 나왔다.
"섬전십삼검뢰(閃電十三劍雷)."
한번에 모든 해양몬스터를 처리하기로 마음먹은 남궁민이 검을 휘둘렀다.
검에서 열세줄기의 번개가 해양몬스터를 향해 쏘아져 나갔다. 그러자 번개와 같은 속도로 순식간에 바다가 소용돌이쳤다.
펑!!
"네놈, 누군데 우리 애들을 괴롭히는 것이지?"
소용돌이가 가라앉자 해양몬스터들 앞에 상어를 닮은 어인이 서 있는 것을 볼 수 있었다.

[위험! 바다의 왕자, 보세이돈이 등장했습니다. 주변의 기운이 모두 적대적으로 변합니다.]

"남궁민 팀장님. 저 녀석… 위험합니다."

적설진이 보세이돈을 뚫어지게 바라보고 있었다. 적설진의 능력은 카피였다. 보세이돈의 능력을 복사하면 수월하게 상대할 수 있지 않을까 생각하는 중이었다.

하지만 적설진은 녀석의 능력을 카피할 수 없었다.

자신보다 월등히 높은 능력을 가진 자에게는 카피가 통하지 않았다.

정말 보세이돈은 적설진의 생각처럼 다른 몬스터와는 수준이 달랐다.

"어. 그런 것 같아 보이네."

하지만 수준이 다른 건 남궁민 역시 마찬가지였다. 우주와 권창우에게 가려져 능력을 제대로 펼쳐 낸 적이 없는 남궁민이었다. 하지만 그 실력은 중국무림협회에서도 알아줄 정도였다.

"적설진. 지금 당장 애들 데리고 나머지 해양몬스터를 처리하도록. 저 녀석은 내가 상대할게."

남궁민의 검에서 검강이 생성되었다. 본격적으로 한판 붙어보겠다는 의지를 드러낸 것이다.

보세이돈은 가소롭다는 표정으로 말했다.

"가소로운 인간이군."

해양몬스터를 잡을 정도로 인간들이 어느 정도 힘이 있다는 걸 알았지만, 자신에 비하면 조족지혈이었다.

보세이돈은 등에 메고 있던 삼지창을 꺼내들었다.

"길고 짧은것은 재 봐야 아는 것이니까."

남궁민이 말했다. 싸워보기 전에는 누가 더 센지 모른다. '주변의 기운이 적대적으로 변한다'는 말은 곧 보세이돈이 물속에서 능력을 한층 수월하게 사용할 수 있다는 것 같았다.

하지만 남궁민은 대수롭게 생각하지 않았다. 물까지 베어버리면 그만이다. 보세이돈이 삼지창을 휘젓자 주변의 물줄기가 창으로 변해서 남궁민을 찌르기 시작했다.

날카로운 물의 창들이 남궁민의 전신을 찔러오자 남궁민이 검을 휘둘렀다. 검에는 제왕무적검강이 선명한 푸른빛을 띠고 있었다. 검을 휘두를 때마다 하나의 창들이 잘려나갔다. 보세이돈의 공격은 남궁민에게 아무런 영향을 끼치지 못했다.

"호오 물을 베는 인간이라… 제법이군."

남궁민은 아직도 자신을 무시하는 보세이돈을 눈 여겨보았다. 상어지느러미가 달려 있는 반인반어. 남궁민은 아직도 여유로워 보이는 보세이돈의 모습을 보고 검을 휘둘렀다.

남궁민의 손에서 제왕검형이 그 모습을 다시 드러내었다.

"음?"

남궁민의 제왕검형에 위협을 느낀 보세이돈이 삼지창을 돌렸다. 삼지창을 따라서 거대한 토네이도가 형성되었다. 남궁민을 제외한 다른 상급팀과 적설진은 점점 몸이 토네이도 쪽으로 빨려 들어가는 것을 느끼고 주위의 지형지물을 잡고 버티기 시작했다.

"어디 한번 막아봐."

남궁세가 최고의 검법이 남궁민의 손에서 다시 한번 펼쳐졌다. 보세이돈은 돌리던 삼지창으로 남궁민을 겨누었다. 그러자 토네이도가 남궁민을 목표로 삼은 듯 빠른 속도로 그를 덮치려 했다.

남궁민 역시 토네이도를 향해 뛰어가면서 검을 휘둘렀다. 곧 토네이도가 남궁민을 삼켰다.

"크크. 가소로운 것 같으니라고! 물속에서 날 이길 수 있다고 생각했느냐?!"

토네이도에 삼켜진 남궁민을 본 보세이돈이 호기롭게 소리쳤다. 하지만 곧 토네이도가 갈라지기 시작했다.

드득—

"뭐야……?"

"제왕의 검은 드넓은 창궁 속에서 무애하다."

토네이도를 뚫고 나온 한줄기 빛이 보세이돈의 몸을 사선으로 갈라졌다.

"괴, 괴물?"

"괴물이란 이름에 어울리는 자는 회장님뿐이다."

[바다의 왕자, 보세이돈을 쓰러뜨렸습니다. 보상이 주어집니다.]

[해양몬스터를 모두 쓰러뜨렸습니다. 게이트가 활성화됩니다. 스킬 '수중호흡'이 해제됩니다.]

"응? 크헉."

해양몬스터와 보세이돈 소탕을 완료하자 메시지 창이 연달아 떴다. 남궁민과 적설진, 상급팀원들은 더 이상 물속에서 숨을 쉴 수 없다는 것을 깨닫고 빠르게 수면 위로 향했다.

"푸하!"

몬스터를 잘 소탕해놓고는 익사할 뻔한 팀원들과 함께 남궁민팀이 지상으로 올라왔다.

* * *

"사상자가 발생했다고?"

광주지부에서 권창우와 통화를 끝낸 우주는 대구지부에서 사상자가 발생했다는 말에 크게 놀랐다.

인명을 최우선으로 하는 UN그룹이었기에 무슨 일이 있어도 사람 목숨부터 신경을 쓰라고 했다.

하지만 지부전체가 게이트화되는 바람에 모든 사람을 구할 수가 없었다는 권창우의 말을 듣고 고개를 끄덕일 수밖에 없었다.

큰 이슈가 될 것이다. 지금 초이스 아카데미가 전 세계적으로 유명해져있는 상태라서 시기와 질투의 대상이 되고 있었다. 분명 표적이 될 것이라고 우주는 생각했다.

시선을 분산시킬만한 다른 이슈가 필요했다. 피해자들에게는 그룹 차원에서 합당한 보상도 준비해야 했다.

"결국 터뜨려야겠네."

몬스터를 죽이면 보석이 나온다. 이기적이라고 생각할 수도 있지만 지금은 이 방법이 최선이었다.

"그건 그렇고… 지부 전체가 게이트화 되었다니, 조사해볼 필요가 있겠군."

사람들의 목숨을 지키려면 기본적인 조사가 바탕이 되어야만 했다. 초이스도 초이스지만, 몬스터들이 왜 나타나는지 그것부터 파악해야만 했다.

* * *

"어우, 재수 없어."

박우주라는 최초의 초이스 때문에 번번이 계획이 틀어지고 있었다. 노아는 목적은 하나, 게이트에서 튀어나온 몬스터들이 인간을 뛰어넘는 것이다.

다른 행성에서는 반반이었다. 인간이 이긴 행성도 있었고, 몬스터들이 이긴 행성도 있었다.

"몬스터의 제왕인 드래곤을 뛰어넘느냐 아니냐가 관건이겠지만……."

가끔씩 드래곤을 잡은 인간들이 신의 권위에 도전하기도 했지만 전부 노아를 뛰어넘지 못했다. 그래서 노아는 신인류를 만들고 싶어 했다.

그 중 잘된 케이스가 바로 초이스라고 할 수 있었다.

평범한 인간에게 신비한 능력이 주어지고, 그 신비한 능력을 키워나가는 것을 지켜보는 일이 너무나도 재미있었다. 이번에 리자드맨들을 통해 인간들을 납치한 것도 모두 계획된 일이었다.

"슬슬 드래곤을 투입해볼까?"

항상 걸림돌이 되었던 인간들이 최초로 초이스가 된 놈들이었다. 그렇기 때문에 노아가 이렇게 우주를 신경 쓰고 있는 것이다.

최초의 초이스는 다른 초이스들보다 강할 수밖에 없었

다. 가진 능력에 따라 다르겠지만 다른 사람들보다 먼저 시작했다는 것은 아주 유리한 이점이었다.

보통은 혼자서 강해지려고 노력을 하는데, 박우주는 특이하게 집단을 만들고 있었다.

"궁금하네. 만약 감당할 수 없는 적을 만난다면 네가 어떻게 행동할지……."

혼자 살기위해서 도망칠 것인가, 아니면 모두를 구하기 위해서 희생할 것인가.

노아는 아주 흥미로운 표정으로 박우주를 모니터링하기 시작했다.

대기업의 횡포

[세계주류, 대구지부에서 게이트 등장! 24명 사망, UN 그룹은 무엇을 했나?]

모든 TV채널에서 몬스터들에 의해 일반인이 희생된 사건에 대해서 보도했다.

S그룹의 이경묵은 티비를 보다가 주먹을 내려쳤다.

"흥. 저렇게 자극적인 타이틀을 붙여두고는 결국 300명을 구했다고 보도하는 것이 녀석들을 깎아내리는 보도냐?"

"죄송합니다. 변경하라고 전달하겠습니다."

신비서가 이경묵이 화내는 것을 보고 고개를 숙였다.

이경묵은 그런 신비서를 보고 말했다.

“소집령 내려. 이대로는 안 되겠어.”

“네. 알겠습니다.”

잠시 후 어두컴컴한 곳에 6명의 사람이 집합했다.

원탁에 둘러앉은 사람들이 한마디씩 하기 시작했다.

“무슨 일이요?”

“지금 밖은 난리던데…….”

“UN그룹이 사고를 쳤던데?”

“지금이 기회지 않을까요?”

“자자, 오늘 이 자리를 마련한 S그룹의 오너가 이야기를 해보시죠.”

이경묵은 S그룹의 오너를 대신해서 이 자리에 나왔다.

그만큼 S그룹의 오너가 아들인 이경묵을 매우 신뢰하고 있다는 말이었다.

“오늘 이렇게 자리를 마련한 목적은 더 이상 UN그룹을 그대로 둘 수 없기 때문입니다.”

“그럼 어떻게 하자는 이야기지?”

“지금이 UN그룹에 타격을 줄 수 있는 적기입니다.”

확실히 이번 기회가 아니면 영영 UN그룹에 타격을 줄 수 없을지도 몰랐다.

“그럼 S그룹의 이야기를 한번 들어보도록 하죠.”

이경묵은 오너들을 바라보며 미소 지었다.

"각 그룹의 초이스들을 동원해서 초이스 아카데미를 습격해주셨으면 합니다."

초이스가 나타나자 대기업들은 초이스를 한명이라도 기업에 끌어들이기 위해서 노력 중이었다.

"습격?"

"그 말은 박우주를 적으로 완벽하게 돌린다는 소리인데?"

습격의 이유에 대한 질문이 나올 거라고는 예상했다.

이경묵은 예상한 질문이 나오자 미리 준비해온 말을 뱉어내었다.

"모두들 아실 겁니다. 초이스 아카데미에서 초이스들을 어떻게 훈련시키고 있는지. 그 핵심 기술만 빼온다면, 저희도 UN그룹처럼 초이스들을 키워낼 수 있을 겁니다."

이경묵의 말에 나머지 그룹의 오너들의 눈빛이 변했다.

이경묵의 말이 맞았다. 만약 초이스 아카데미의 기술을 훔쳐올 수만 있다면, 괜히 첩자를 심어놓을 필요도 없었다.

"흠. 그렇지만 리스크가 너무 큰 거 아닌가?"

실패했을 경우, 그들이 은밀히 키우고 있던 초이스를 잃을 가능성이 있었다. 또한 UN그룹을 완전히 적으로 돌리게 되어 보복을 당할 가능성도 있었다.

"성공했을 경우의 막대한 이득도 생각해 보시죠."

고민은 각 그룹의 오너의 몫이었다. 여섯개의 그룹이 대동단결해서 일을 진행하면 한 그룹에 5명의 초이스만 착출해도 총 30명의 초이스를 동원할 수 있었다.

그 정도 인원이면 별동대로 편성할 수 있을 정도의 인원이었다. 이경묵은 살짝 초조해하면서도 흥미 있는 눈으로 각 그룹 오너들의 태도를 관찰했다.

거절한다면 UN그룹에 타격을 줄 수 있는 다른 방도를 찾아야 할 것이다.

"좋아, 찬성하지."

K그룹의 오너가 찬성을 했다. 이경묵은 K그룹의 오너의 말을 듣고 씨익 미소를 지었다.

"초이스는 몇 명을 동원하는 건가?"

"각 그룹 당 다섯명만 동원해도 서른명은 채울 수 있지 않을까요?"

N그룹의 오너가 묻자 재빠르게 이경묵이 재빠르게 대답했다. 그가 조사한 바로는 각 그룹 당 최소 다섯명의 초이스는 보유를 하고 있었다.

하지만 어떤 그룹은 최대치가 다섯명이었기에 만약 다섯명의 초이스를 동원했다가 전부 잃게 된다면 막대한 타격을 입을 것이다.

"좋네. 나도 찬성하겠네."

S, K, N그룹이 찬성을 했다. 이 여섯 그룹의 회동에는 한 가지 법칙이 있었다. 이곳에서 정하는 일은 모두 다수결의 원칙을 따르기로 말이다.

그렇기 때문에 여기서 한 그룹만 더 찬성하면 싫어도 다섯명의 초이스를 동원할 수밖에 없었다.

"다들 찬성표를 던지시는데, 저희 그룹이 동원할 수 있는 초이스는 5명이 최대입니다. 다른 그룹은 어떨지 모르나 저희는 모든것을 투입한다는 소리입니다. 그런 만큼 작전을 완벽하게 짜 주시면 감사하겠습니다."

"물론이죠. 각 초이스들의 능력을 십분 발휘하도록 작전을 짜 보겠습니다."

"좋습니다. H그룹도 찬성하겠습니다."

H그룹까지 네 그룹이 찬성함으로서 여섯 그룹 모두 초이스를 동원해야만 했다.

아직 입을 열지 않은 두 그룹을 바라보던 이경묵은 그들이 어떤 생각이든 상관없다고 생각했다. 어차피 5명의 초이스를 동원할 수밖에 없을 테니 말이다.

"아. 저희 작전이 유출되면 배신자가 있는 것으로 판단하고 저희의 철칙대로 배신자를 찾아내서 처단하겠습니다."

이경묵이 침묵하고 있는 TP그룹의 오너를 쳐다보았다. TP그룹의 회장 김유신은 조용히 입을 다물었다. 그의 딸,

김예나가 초이스 아카데미에 있었기 때문이다.

"그럴 일은 없을 것입니다."

"뭐, 그럼 다행이구요."

"그럼 각자 초이스들의 능력을 상세하게 적어서 보내주시면 계획을 짜서 보내드리겠습니다. 물론, 저희 모두가 초이스들의 능력에 대해서는 공유하도록 하겠습니다. 그럼 오늘 회동은 여기서 마치도록 하겠습니다. 기꺼이 제 요청에 찬성해주셔서 감사드립니다."

정보는 곧 힘이고 돈이었지만 어쩔 수 없이 그들은 초이스들의 정보를 이경묵한테 넘겨야만 했다. 각 그룹은 이제 이경묵이 초이스 아카데미의 기술을 빼올 수 있는 기가 막힌 작전을 짜길 바라야만 했다.

"괜찮으시겠습니까?"

"뭐가? TP그룹? 괜찮을 거야. 배신자의 말로가 어떤지는 그 사람이 가장 잘 알고 있을 테니까 말이야. 그건 그렇고, 아버지는?"

"괜찮으신 것 같습니다. 아직까지는요."

이경묵의 아버지, 이운환은 이경묵한테 전권을 위임한 상태였다. S그룹의 오너, 이운환은 원인 모를 병에 걸려서 투병 중이었다.

"그렇군. 알겠어. 그럼 자료를 받는 대로 초이스 아카데미에 쳐들어갈 준비를 하도록."

"네. 알겠습니다."

고개를 숙인 신비서가 조용히 눈을 감았다. 이경묵이 불을 일으키기 시작했기 때문이다. 불의 능력을 얻고 난 후부터 이경묵은 변해갔다.

신비서는 그것을 알고 있었지만 차마 말을 꺼내지 못했다. 부디 모든 일이 이경묵의 뜻대로 이루어지길 바랄 뿐이었다.

* * *

한편, SNS상에서 UN그룹은 엄청난 비난을 받고 있었다. 몇몇 몰상식한 사람들이 세계주류, 대구지부에서 발생한 사망자들을 구하지 못했다고 UN그룹의 초이스들을 욕하기 시작한 것이다.

마치 제천화재사건 때 소방관들이 욕을 먹었던 것처럼 UN그룹의 초이스들을 매도했다.

실시간 검색어 1위부터 5위까지가 모두 UN그룹과 동성로에 위치한 세계주류에 관련된 검색어였다.

[실시간 검색어]

[1. 세계주류, 대구지부 게이트화]

[2. UN그룹 초이스]

[3. 사망자 24명]
[4. 초이스 아카데미]
[5. 리자드맨]

반대로 UN그룹의 초이스들을 옹호하는 댓글도 많이 달리고 있었다.

[아니, 그 안에 324명이 있었고 그중에 300명이나 구했는데 24명을 구하지 못했다고 욕을 한다고? 그럼 글쓴이가 사람들을 구하지 그랬어요?]
[그러는 님은 사건 일어났을 때 뭐하고 있었음? ㅋㅋ]
[아니, 방관한 정부를 욕해야지. 왜 사람들 구해준 UN그룹의 초이스들을 욕함? 한인재 대통령이 한 건 뭐임?]
[300명 다 죽었으면 누가 책임질 건데?]

수많은 댓글이 SNS에 달리는 것을 보고 우주는 공식입장을 표명하라고 지시했다. 동시에 몬스터를 잡으면 나오는 광석에 대해서 매스컴에 슬쩍 흘렸다.
그러자 UN그룹을 취재하던 언론사들은 우주가 흘린 정보에 따라, 몬스터를 잡으면 나오는 광석에 대해서 조사하기 시작했다.
광석에 대한 이야기가 방송을 통해서 널리 퍼지면 우주

는 초이스에 관한 법률을 발표할 예정이었다. 리자드맨에게 희생당한 피해자들에게는 국가차원에서 피해보상금을 추진하라고 류시우에게 말해둔 상태였다.

한인재도 초이스에 관한 법률이 빨리 나오길 바라는 상황이었다. 우주도 그것을 알고 있었지만 시기가 적절한 때 터뜨려야겠다고 생각했다.

그렇게 언론을 통해 '몬스터를 잡으면 나오는 광석'에 대해서 전 국민이 알게 되었다.

* * *

"뭐? 몬스터를 잡으면 희귀한 보석이 나온다고?"

"경매장에 풀린 보석이 50억에 낙찰되었다는데 사실이야?"

"이젠 로또보다 초이스가 답이다!!"

초이스가 되면 엄청난 돈을 벌 수 있다는 말에 많은 사람들이 초이스가 되려고 일부러 몬스터를 찾아다녔다. 그 결과 많은 사상자가 발생했다.

덕분에 세계 주류, 대구지부에서 있었던 사건은 점차 사람들의 관심 밖으로 밀려났다. 우주는 예상한대로 사람들이 반응하고 있다고 생각하면서 다음 작전에 돌입했다.

[대한민국 초이스 법률 제정안]

대한민국의 초이스는 초이스이기 이전에 대한민국의 국민으로서 기본적으로 대한민국의 헌법을 따른다.

제1조. 대한민국의 초이스는 인명을 최우선시 해야 한다. 위험에 처한 일반인이 있다면 무조건적으로 일반인을 도와주어야만 한다.

제2조 초이스끼리의 다툼은 초이스들끼리 해결한다.

제3조 법률에 위반되는 행동을 할 시에는 모든 초이스들의 적이 된다.

제4조 범법자가 된 초이스를 잡아오는 자에게는 국가적 차원에서 보상을 한다.

제5조 초이스들은 몬스터를 잡아 획득한 물건을 합법적으로 사거나 팔 수 있다.

제6조 모든 초이스들은 인간으로서의 존엄과 가치를 가지며, 행복을 추구할 권리를 가진다. 국가는 초이스들이 가지는 불가침의 기본적 인권을 확인하고 이를 보장할 의무를 진다.

제7조 모든 초이스들은 자유롭게 행동할 수 있다. 어떤 기업에 속할 수도 있고 나라에 속할 수도 있고, 개인으로 행동할 수도 있다.

제8조 모든 초이스는 능력을 보장받을 수 있다. 초이스가 가진 능력은 고유의 권리이다.
제9조 초이스가 된 자는 나라에 신고를 하여야만 한다. 그렇지 않을 시 관련된 혜택을 누릴 수 없다.
제10조 모든 초이스는 활성화 된 게이트에 들어가서 몬스터를 잡을 수 있다. 대신 처음 게이트를 발견하고 클리어한 초이스는 그것에 대한 모든 관리권을 가진다.

모든 초이스는 위 법령을 따르지 않을시 시스템에게 제한을 받을 수 있다.

마지막 법령같은 경우 실제로 적용될 수 있을지는 미지수였다. 우주는 초이스를 만들어낸 시스템이라면 법률에도 충분히 영향을 끼칠 수 있을 것이라고 생각했다.
예전에 한인재 대통령과 이야기를 나누었던 초이스 폴리스에 대한 내용은 빼두었다. 아직 졸업생이 나오지도 않았다.
또한 초이스 폴리스가 생기더라도 당장 10명의 초이스가 대한민국의 범법을 저지른 초이스들을 전부 관리할 수도 없었다.
그렇게 우주는 초이스에 관한 법령을 발표했다.
법령이 발표되자마자 또 한바탕 난리가 났다. 안 그래도 초이스가 되고 싶어서 난리가 난 일반인들은 초이스들이 갖는 혜택에 대해 관심을 가졌다.

하지만 초이스들에 대한 혜택은 초이스들만 열람이 가능하도록 만들어 두었기에 초이스가 아니면 확인할 수가 없었다.

초이스를 관리하기 위해서 우주는 초이스 관리시스템을 만들었다. 주 개발자는 바로 UN그룹의 회계팀에 재직 중이던 주진욱이었다.

영업팀의 이만길이 몬스터에 빠졌다면 회계팀의 주진욱은 초이스에 대해 빠져들었다.

스스로 초이스가 되기보다는 어떻게 하면 모든 초이스들을 관리할 수 있을까에 더 관심을 두었기에 초이스관리 시스템을 만들 수 있었다. 주진욱 덕분에 우주는 좀 더 효율적으로 초이스를 관리할 수 있게 되었다.

그렇게 제정된 초이스 법령에 따라서 대한민국 전체의 초이스들이 초이스 등록을 하기 시작했다.

* * *

"거사를 앞당겨야 할 것 같습니다."

신비서가 이경묵한테 말했다. 이 타이밍에 초이스에 관한 법률이 발표될 줄은 아무도 몰랐다. 초이스로 살아가기 위해서는 초이스 등록을 해야만 했다. 등록되지 않은 초이스는 초이스의 세상에서 불이익을 받을 수도 있었기 때문이다.

"내일 초이스 아카데미를 치겠다고 각 그룹의 오너들에게 전해."

"네. 알겠습니다."

이경묵이 다시 불타오르기 시작했다. 신비서는 조용히 전하라는 말을 전할 뿐이었다.

S그룹의 요청에 서른명의 초이스가 다음 날, S그룹으로 모였다. 각 그룹에서 차출되어 온 초이스들은 윗선의 지시로 모두 아직까지 초이스 등록을 하지 않은 상태였다.

이경묵은 그들을 보자 천군만마를 얻은 기분이었다.

그는 앞으로 나서서 말했다.

"잘 왔다. 너희가 바로 초이스계의 혁명자가 될 것이다."

"당신, 누구요?"

하지만 돌아온 반응은 싸늘한 냉대였다. 이경묵은 미간을 찌푸리면서 말대답을 한 초이스를 응시했다.

"우린 S그룹의 오너의 말을 따르라는 지시를 듣고 왔습니다만, 실례지만 누군지 여쭤 봐도 되겠습니까?"

그때, 상황을 파악한 다른 초이스가 나서지 않았다면 이경묵은 분명 폭발하고 말았을 것이다.

"아버지는 오지 않는다. 나는 별동대의 수장이자 S그룹의 전권을 위임받은 이경묵이라고 한다."

"뭐야, 재벌 2세였어?"

이경묵의 태도에 사사건건 시비를 걸던 초이스가 갑자기 비명을 질렀다.

"으아악. 누구야?! 불 꺼!"

"한번만 더 시답잖은 토를 달면 그땐 정말 태워 죽여 버리겠다."

모여 있던 서른명의 초이스들은 단순히 재벌 2세인 줄 알았던 이경묵이 초이스라는 것을 깨닫고 자세를 고쳤다.

별동대의 수장이 될 사람이 초이스라는 것은 듣지 못했기 때문이다.

"시간이 없으니까 간단하게 작전을 설명하도록 하겠다. 우리의 목표는 초이스 아카데미의 모든 시설을 파괴하고 녀석들의 기술을 훔쳐오는 것이다. 먼저 적진에 들어가는 것은 은신 능력자의 지휘를 따른다. 안으로 진입하게 되면 3개조로 나뉘어서 각 조에서 UN그룹 내부를 샅샅이 뒤진다. 그리고 관련된 시설이 나오면 불을 질러라. 그 불길을 시작으로 UN그룹 전체를 태울 것이다."

이경묵이 말을 마치자 한 초이스가 손을 들었다.

"적진에는 적들도 있을 것입니다. 그들을 만나면 어떻게 하면 됩니까?"

초이스 아카데미의 초이스들을 말하는 것이다. 만약 초

이스 아카데미의 초이스들과 싸우게 된다면, 마음 같아서는 그들을 섬멸하라고 말하고 싶었다.

하지만 그렇게 되면 붙잡히는 초이스가 많아질 수도 있었다. 그건 이경묵이 원하는 바가 아니었다.

"적진에서 초이스들과 대치하는 것은 금지한다. 시설파괴와 기술탈취에 집중해라."

"알겠습니다."

이경묵의 지시에 고개를 끄덕인 30인의 별동대가 빠르게 움직였다. 드디어 결전의 날이 밝았다.

"그럼 이동한다."

* * *

한편, 우주는 세계주류의 회장인 최주량에게 연락을 취했다.

"회장님. 약속대로 지부 근처의 몬스터들을 모두 소탕했습니다."

"그래. 이번 일로 타격을 입었다고 들었네, 괜찮은가?"

"괜찮습니다."

어차피 광석과 법률제정으로 인해서 덮을 수 있는 일들이었다. 피해자들의 가족들에게는 이미 충분한 보상을 했다. 진심 어린 사죄까지 따로 드렸기에 피해자들은 더 이상 UN그룹을 미워하지 않았다.

"그래. 자네가 내 약조를 지켜주었으니 이번에는 내가 자네와의 약속을 지킬 차례군. 무슨 술을 원하는가?"

이 말만을 기다리고 있었다. 우주는 최주량 회장의 말에 고민하는 척을 하다가 대답했다.

"전 세계 희귀한 술이란 술은 모두 저에게 보내주세요."

최주량 회장은 우주의 말에 고민하는 기색도 없이 대답했다.

"알겠네."

생각보다 우주가 대단한 애주가라고 생각하면서 최주량 회장이 우주에게 물었다.

"대신 다음에 같이 한잔 어떤가?"

"저야 좋죠."

우주는 최주량 회장의 제안을 흔쾌히 승낙했다.

술을 마시는 즐거움을 그동안 잊고 살았던 것 같은데, 이번에는 제대로 즐길 수 있을 것 같았다.

"그럼 연락주세요."

"알겠네."

전화를 끊은 우주는 만족스러운 표정을 지었다. 이제 희귀한 술이 오기만을 기다리기만 하면 되었다. 마음에 걸리는 것이 몇 가지 있긴 했지만 나중을 기약했다.

우주는 이제 최하급반을 가르쳐야겠다고 생각을 하며 밖

으로 나가려던 참이었다.

쾅!!!

쾅 소리와 함께 서른명의 초이스들이 계획대로 흩어지기 시작했다. 하지만 뭔가 잘못되고 있었다. 은신의 능력을 가진 초이스가 서른명 모두에게 은신을 걸어서 조용히 들어오는 것이 작전이었는데, 이상하게 폭음이 터져 나온 것이다.

'배신은 아닌 것 같은데…….'

은신 능력을 가지고 있는 초이스도 이상하다는 듯 호들갑을 떠는 모습을 보였기 때문이다. 연기일 가능성도 있었지만 연기를 해서 은신 능력을 가진 초이스가 얻을 이득이 없었다.

"누구냐!!"

벌써 초이스들이 튀어나오는 것을 보고 이경묵은 방향을 틀었다. 작전을 시작한지 얼마 되지도 않았는데 벌써부터 발목을 잡힐 수는 없었다.

습격에 제일 먼저 반응한 것은 다섯직원이었다. 사실 가장 몸이 근질거리는 사람들이기도 했다. 개인 수련의 성과를 확인하고 싶어 했기 때문이다. 또한 마지막 출정에 따라가지 못해서 싸우지 못했기 때문에 싸움에 안달이 나 있는 상태였다.

하지만 그들은 나타나자마자 교묘하게 모습을 감추었

다.

신수아가 그것을 보고 소리쳤다.

"도망가지 말고 정정당당하게 맞서라!!"

정정 당당하게 싸울 거였으면 이곳에 쳐들어올 일도 없다고 생각하면서 이경묵은 계속해서 초이스 아카데미의 시설을 뒤지기 시작했다.

생각했던 것처럼 거창한 공간이 없었다.

"바닥이 몬스터로 변하고 몬스터가 기관으로 변했다는 정보가 있었는데……."

그러한 시설은 코빼기도 보이지 않는 것 같았다. 그러자 이제는 다른 기업의 초이스들의 불만이 터져 나왔다.

"아니, 그러한 시설이 있었다는 것이 정말입니까?"

"확실한 정보입니까?!"

이경묵은 다른 초이스들의 독촉에도 뭐라고 확답을 내릴 수 없었다. 정보가 들어온 것은 사실이었으나, 그런 사실이 있다는 것이 진짜인지는 눈으로 확인하지 못했기 때문이다.

화르륵.

스트레스가 쌓이자 이경묵의 전신에서 불길이 피어오르기 시작했다.

"찾을 수 없다면 모두 태워버리면 그만이지."

만약 전부 타버린다면 UN그룹은 엄청난 손해를 입게 되는 것이었다. 이경묵의 몸에서 시작된 불이 사방으로 옮겨 붙었다.

불이 옮겨 붙기 시작했을 때 우주와 권창우, 남궁민과 적설진이 쳐들어온 적들을 잡기 위해서 움직였다.

"회장님!"

"지금 이설화 어디 있어?"

"남궁민! 강태풍을 불러라!"

불이 붙은것을 보고 서로가 서로를 향해 소리치는 것을 본 우주가 소리쳤다.

"불 꺼!!"

"네."

때마침 이설화가 우주의 외침을 들었는지 불길이 잦아들기 시작했다. 그 모습을 보고 우주가 불길이 사그라지는 곳으로 뛰어갔다.

남궁민과 권창우는 다른 초이스들이 모여 있는 곳으로 갔다. 적 무리는 총 세팀으로 갈라져 있었다.

권창우가 도착한 곳에는 이미 강태풍과 상급팀이 적들과 대치하고 있었다. 적들 역시 초이스로 보였다.

"뭐야? 여기 분위기는 왜 이래?"

그렇지만 다른 곳의 분위기와 다르게 살벌하기 보다는 약간 대화로 해결하자는 분위기인 것 같았다.

권창우가 강태풍에게 다가가자 강태풍이 고개를 숙였

다.

"어떻게 된 일이냐?"

"자기들은 싸우고 싶지 않다는데요?"

"뭐?"

지금 남의 집에 쳐들어 와 놓고 싸우기 싫다고 말하는 적들을 보고 권창우가 어이가 없다는 듯 쳐다보았다.

적들은 어깨를 으쓱거릴 뿐이었다.

싸우지 말라고 지시를 내린 것은 사실이었기에 조용히 상황을 파악하고 있었다.

남궁민이 도착한 곳에는 류시우와 중급팀이 상주하고 있었다. 이쪽은 이미 주먹다짐을 하고 있었는데, 초이스들끼리의 싸움이 아니라 깡패들이 싸우는 것처럼 주먹이 오고 가고 있었다.

남궁민은 한숨을 쉬면서 류시우를 바라보았다.

류시우는 길 건너 불구경과 눈앞의 싸움구경을 동시에 하고 있었다.

"네가 제일 상팔자구나."

"네?"

류시우는 남궁민이 다가온 것도 모르고 있다가 남궁민의 목소리에 힘없이 웃어보였다. 남궁민이 딱히 도울것은 없었다. 생각보다 적들은 약했다. 중급팀의 덩치들이 주먹을 몇 번 휘두르자 잠잠해진 것을 보면 말이다.

“아! 혹시나 있을까봐 이야기하는데, 우리 애들 정신에 침범할 생각은 하지 않는것이 좋을 거야.”

염력의 소유자, 류시우의 전신에서 찌릿찌릿한 예기가 뿜어져 나오기 시작했다. 별동대로 조직된 초이스들은 상대를 잘못 선택했다고 생각하며 점점 희망을 잃어갔다.

“자, 그럼 저쪽은 어떻게 됐으려나?”

아무래도 격전지는 불길이 일어난 곳이 전부인 것 같았다. UN그룹에 방화를 할 정도의 인물이라… 권창우와 남궁민, 적설진과 손민수 그리고 상, 중급 초이스들은 대체 어느 간 큰 녀석이 침투했는지 궁금해졌다.

“너, 누구야? 누군데 남의 집에서 지금 불장난하고 있는 거냐?”

술 마시고
스텝업

2차 시험

'넌 누구냐'라는 말에 반사적으로 대답을 하려던 이경묵은 급히 입을 다물었다. 자신의 몸에서 뿜어지는 불길보다 더 차가운 한기가 불을 지르려던 이경묵을 방해하고 있었다.

'누구지?'

어떤 놈이 거사를 방해하고 있는 것인지 이경묵은 계속해서 찾기 시작했다.

"네가 대장이구나."

우주가 정확히 이경묵을 손가락질하자 이경묵이 움찔거렸다. 어떻게 알았냐고 묻고 싶었지만 일단 가만히 있었다.

“이 상황을 어떻게든 벗어나려고 눈알 굴리는 거, 다 봤어. 그러니까 순순히 자백하는 편이 좋을 거야. 너희 누가 보내서 온 것이지?”

“모두 공격.”

이경묵이 지시했지만 별동대는 움직이지 않았다. 이렇게까지 수세에 몰렸는데 누가 이경묵의 말을 따르겠는가.

이경묵의 능력이 세다면 모를까, 얼음을 다루는 초이스에게 쉽게 불이 꺼질 정도의 능력을 가진 그였다.

죽을지도 모르는 싸움에 끼고 싶지는 않았다.

“보아하니, 너희 한팀이 아니구나?”

대장의 명령을 따르지 않는 경우는 두가지 중 하나였다.

명령을 내린 사람이 진짜 대장이 아니거나 승산이 전혀 없을 경우거나.

우주는 둘 다라고 생각했다. 초이스 아카데미까지 쳐들어올 정도의 배포가 있는 놈들인데 죽음을 두려워하는 것 자체가 이미 싸울 의지가 없다는 소리였다.

“생각보다 방어태세가 잘 잡혀 있군. 그럼 최후의 수단을 쓸 수밖에…….”

최후의 수단이란 말에 우주가 재빠르게 이경묵에게 다가갔다.

“다 죽어버려.”

들고 있던 스위치를 누르려던 이경묵은 팔을 잡아채려는 우주의 손길을 뿌리치려고 했다.

하지만 이미 폭탄의 스위치는 우주의 손으로 들어 가버린 상태였다.

"흥, 스위치가 없으면 폭탄을 못 터트릴 줄 아나본데!"

발화능력자인 자신의 몸에 폭탄이 감겨있었다. 이경묵은 폭탄과 함께 터져도 살아남을 자신이 있었다.

쩌엉.

하지만 이경묵은 그대로 정신을 잃을 수밖에 없었다.

우주의 지시로 이설화가 이경묵을 통째로 얼려버렸기 때문이다.

"잘했죠?"

"응, 잘했어. 자, 그럼 자초지종을 들어볼까?"

일종의 해프닝이 일단락되고 우주는 초이스 아카데미에 침투한 서른명의 초이스들을 한곳으로 모았다.

순순히 항복한 초이스들이지만 어디에 소속되어 있는 녀석들인지를 확인하기 위해서 우주는 이들을 심문했다.

의외로 초이스들은 아무런 저항 없이 자신들의 소속을 털어놨다.

자신들은 초이스지만 초이스로 등록도 하지 못하고 이렇게 사냥개로 UN그룹에 쳐들어오게 되었다고 말했다.

우주는 6대 그룹에서 UN그룹을 견제하고 있다는 사실

을 깨닫고는 피식 웃었다.

역시 생각대로 다른 그룹에서도 초이스를 모으고 있었다. 초이스가 힘이 되는 시대가 벌써부터 오고 있었다. 우주는 아직도 얼어붙은 상태로 있는 S그룹의 장자, 이경묵을 어떻게 처리해야 할지 고민했다.

법률상, 초이스인 이경묵과 박우주의 다툼은 서로가 해결하게 되어 있다. 평생을 이렇게 얼어붙어 있게 하는 것도 가능했다.

하지만 다른 초이스들이 문제였다. 이대로 이들을 각 그룹으로 돌려보낸다면 이들이 어떤 취급을 받게 될지는 뻔할 뻔자였다.

"너희는 애들을 어떻게 처리하는 것이 좋다고 생각해?"

우주는 권창우와 남궁민, 손민수와 적설진 그리고 다섯 직원한테 의견을 물었다.

"돌려보내면 저 초이스들은 저희 내부 시설에 대한 정보를 각 그룹에 전달할 겁니다. 그렇다고 돌려보내지 않고 흡수하자니 스파이를 키우는 것 같아서……."

손민수의 말에 우주가 고개를 끄덕였다. 이경묵에 대한 처리도 문제였다. S그룹 측에 합당한 대가를 요구하고 풀어줄 것인가 아니면 이대로 평생 동상으로 남아 있게 할 것인가.

모두 우주의 선택에 달려 있었다.

우주는 일단은 각 그룹의 반응을 보기 위해서 별동대를 가두기로 했다. 초이스를 돌려받고 싶으면 먼저 연락을 취해올 것이다.

그렇게 별동대를 한곳에 가둔 우주는 최주량 회장이 보내준다는 술을 기다렸다.

세계적으로 희귀한 술들을 잔뜩 보내준다는 말에 우주는 큰 기대를 했다. 확실히 다양한 술을 많이 마시면서 술의 맛을 알아버린 것 같았다.

"기대한 만큼 좋은 술이 왔으면 좋겠는데."

* * *

드디어 우주가 기다리던 술이 UN그룹에 도착했다.

최주량 회장이 보내온 술은 돈을 아무리 많이 줘도 살 수 없는 술들이었다.

[참나무통 맑은 소주]

—2000년 2월 14일

—21도

—300ml

[곰바우]

—1999년 11월 9일

—25도

—301ml

[천년의아침]

—2000년 3월 2일

—22도

—300ml

[참진이슬로]

—1999년 10월 29일

—23도

—350ml

[그린]

—1999년 11월 7일

—25도

—360ml

20세기에서 21세기로 넘어가는 시기에 나왔던 술들이었다. 옛날 술은 분명 희귀한 술이었다.

최주량의 선물에 우주는 먼저 '김희선 소주'라고 불리던

'참나무통 맑은 소주'를 집어 들었다.

"와, 이게 대체 언제 적 술이래……."

참이슬, 참소주와 비교할 수 없는 소주였다.

옛 추억이 새록새록 떠오르는 느낌에 우주는 술을 마시기도 전에 추억 속으로 빠져드는 것만 같았다.

거기에 곰바우 소주와 참진이슬로를 보고 우주는 소주의 기원에 대해서 생각했다. 사실 소주는 어디서 언제 만들기 시작했는지 그 기원을 정확하게 알 수는 없지만, 정말 소주를 만든 사람은 칭찬받아야 마땅했다.

"전주에서나 볼 수 있는 천년의 아침과 이젠 찾아볼 수 없는 소주인 그린 소주까지……."

우주는 자신이 이 술들을 다 알고 있는 것에 신기해하면서 마시기가 아까워졌다.

"정말 마시기 아까운 술들인데……."

스킬을 얻기 위해서는 마셔야만 했다. 희귀한 스킬을 얻기 위해서 희귀한 술을 찾았다. 우주는 어쩔 수 없이 소주 뚜껑을 따기 시작했다.

"휴. 역시 혼자 마시기는 아까우니까……."

귀한 술이었다. 혼자보다는 다 같이 마시는 것이 좋을 것 같다고 생각한 든 우주는 권창우를 불렀다.

"무슨 일이십니까?"

"애들 모아봐. 오랜만에 한잔 하자."

권창우는 우주가 고작 5병의 술로 모두를 모으겠다는 말에 고개를 저었다.

"그거 가지고 누구 코에 붙입니까? 그냥 회장님 혼자서 드세요. 아! 그리고 최하급팀 신경써주시고요. 신우환 같은 경우는 슬슬 초이스부로 올려 보낼 때가 된 것 같습니다만."

"아, 맞네."

그동안 처리할 일들이 많아서 일반부를 등한시 한 것 같았다. 권창우가 말을 꺼내지 않았으면 까먹을 뻔 했다. 우주는 술을 마시기 전에 먼저 최하급팀을 방문해야겠다고 생각하고는 방을 나섰다.

한편 1차 시험이 끝나고 일반부는 이만길의 지도하에 몬스터에 대해 더 배우고 있었다. 일반부 전원은 1차 시험 이후에 정신을 똑바로 차리고 이만길의 수업을 열심히 듣고 있었다.

2차 시험에서는 어떤 일이 발생해도 대처할 수 있도록 머릿속에 지식을 채우고 있었다.

"아주 열심인데?"

"그렇죠? 다들 초이스가 되고자 하는 의지가 엄청나다고요."

몰래 일반부가 수업하는 모습을 지켜보려던 우주는 다가오는 여자의 말에 씨익 미소를 지었다. 김예나였다.

"오랜만이야."

"오랜만이네요, 회. 장. 님."

회장님을 한글자씩 끊어서 말하는 김예나를 보고 우주는 그녀가 굉장히 삐졌다는 것을 알 수 있었다.

하긴 지인추천으로 입학을 한 것이나 마찬가지인데 냉대는 물론, 단 한번도 따로 챙겨준 적이 없었다. 서운할 만도 했다.

"미안. 특혜논란이 일어나면 안 되잖아?"

김예나도 그건 싫었다. 그래도 요즘 들어 심신이 힘들다 보니 계속 우주가 보고 싶었다. 얼굴 한번 비추기가 그렇게 어려운 것인지 원망스럽기도 했다.

그래도 오랜만에 나타난 우주가 반가운 김예나였다.

"뭐, 이렇게라도 보니까 좋은데?"

"…뭐, 뭐라는 거예요!"

우주의 오글거리는 멘트에 얼굴이 홍당무가 된 김예나가 도망치듯이 강의실로 들어갔다.

우주는 신우환을 불러내었다.

신우환은 수업을 듣다가 불려 나와서 우주의 앞에 섰다.

전에도 그랬지만 우주의 앞에서는 한없이 작아지는 것 같았다.

"선택할 수 있는 기회를 줄게. 지금 당장 초이스가 되어서 초이스부에서 먼저 활동할 것인가. 아니면 최하급팀을 이끌어서 나중에라도 초이스가 될 것인가."

어차피 초이스가 될 가능성이 보인 아이였다. 지금 당장 초이스가 될 것인지 말 것인지는 본인의 선택에 달렸다.

"전, 최하급팀을 모두 데리고 올라가도록 하겠습니다."

신우환의 대답에 우주는 묘한 시선으로 신우환을 바라보았다.

"회장님께서 어떻게 생각하실지 모르겠지만 같이 지내다보니 정이 들어버렸습니다. 지금 당장 초이스가 되면 저 혼자서는 조금 더 빠르게 강해질 수 있을 것입니다. 하지만 지금 최하급팀에서 제가 빠지면 최하급팀은 구심점을 잃게 되는것과 마찬가지입니다."

"안 물어봤어. 네 선택이 그렇다면 존중하겠다."

생각보다 남을 위할 줄 아는 놈이라고 생각했다.

신우환은 고개를 숙여 인사하고 다시 수업에 참여했다.

"한마디 해주려고 했더니 아무래도 내가 없어도 괜찮겠는데?"

신우환이라면 충분히 최하급팀 모두를 데리고 초이스부로 올라올 수 있을 것 같았다. 우주는 속으로 최하급팀을 응원하면서 회장실로 향했다.

이제 그는 혼자만의 시간을 가질 시간이었다.

* * *

"2차 시험은 어떻게 정해지는 거죠?"

한 교육생이 물었다. 이만길은 질문을 한 교육생을 보고 대답했다.

"1차 시험은 몬스터에 대한 지식을 가지고 시험을 쳤습니다. 그렇다면 초이스가 되기 위해서 다음으로 갖추어야 하는 것이 무엇일까요?"

"인성?"

"네, 인성도 물론 중요하죠. 하지만 안타깝게도 아니랍니다."

2차 시험에서 테스트 할것은 인성보다 중요한 것이었다.

"아무리 더러운 인성을 가지고 있어도 팀에 도움이 되고, 살아남는데 도움이 된다면 그 초이스는 좋은 초이스입니다. 초이스가 되면 여러분은 가장 먼저 무엇을 하고 싶은가요?"

"몬스터를 죽이고 싶습니다."

이만길의 질문에 한 교육생이 대답했다. 눈빛이 독했다.

무슨 사정이 있는지는 모르지만 이만길은 저런 눈빛이 초이스의 세상에서 가장 좋은 눈빛이라고 생각했다.

"네. 그렇겠죠. 다른 사람들도 초이스가 되어서 이루고 싶은 것들이 분명 있을 겁니다. 하지만 초이스가 되는 순간 여러분은 현실에 직면하게 됩니다. 초이스가 되어 가장 먼저 배워야 할것은 바로 살아남는 것입니다."

몬스터를 아무리 많이 죽여 봤자 살아남지 못하면 헛수고였다. 무슨 일이 있어도 살아남는 자만이 승리자였다.

2차 시험에서 테스트할 것은 바로 살아남는 법이었다.

"2차 시험의 승자는 가장 오래 살아남는 사람이 우승하는 시스템이 될 것입니다. 수단과 방법을 동원해서 살아남으세요. 살아남은 자만이 초이스가 될 수 있습니다. 그럼 오늘 수업은 여기까지."

이만길이 책을 덮고 나가자 강의실 안에 있던 일반부 교육생들이 술렁이기 시작했다.

"살아남는 자가 승리자라… 맞는 말이군."

왕시운의 중얼거림 속에서 상급팀이 고개를 끄덕였다

이만길의 말은 일리가 있었다. 실컷 고생해서 초이스가 되었는데, 첫 전투에서 죽어버리기라도 하면 억울해서 귀신이 될 것만 같았다.

"악과 깡으로 버티면 그만이다."

최태수의 발언에 중급팀이 고개를 끄덕였다. 오미나는 속으로 '멍청한 근육덩어리들'이라고 생각을 하면서 하급팀에 속해있는 자신의 노예들을 한번씩 훑어보았다.

"이런 놈들보다는 최하급에 속해있는 놈들이 더 낫겠네."

오미나가 최하급팀을 바라보았다. 최하급팀은 신우환을

필두로 똘똘 뭉쳐져 있었다.

"방금 들었다시피 2차 시험은 살아남는 것이 주된 목적이다. 이번 시험 때 우리 팀의 목표는 전원 생존이다. 알겠나?"

"네, 알겠습니다!"

신우환은 자신의 말에 동조하는 최하급팀을 보면서 뿌듯한 미소를 지었다. 이들과 함께라면 지옥 끝까지라도 갈 수 있을 것 같다고 생각했다.

"아, 깜빡했는데 애들아. 2차 시험은 내일 수업 이후에 진행하도록 하마!"

"네?"

강의실 밖으로 나갔던 이만길이 다시 돌아와서 폭탄을 던졌다. 초이스 아카데미 일반부 교육생들은 잠시 멍한 표정을 지었다.

그러나 곧 정신을 차리고 각 팀끼리 준비를 하기 시작했다.

"어떻게 해? 당장 내일이 시험이라는데?!"

"걱정 들 말라고, 우리에겐 유능하신 팀장님이 있잖아?"

장진주의 말에 강철민이 신우환을 돌아보았다. 신우환은 강철민을 보고는 씨익 웃어주었다.

"최후의 1인이 남을 때까지 지속되는 시험이 아닌 이상, 저희의 전략은 하나밖에 없습니다."

"뭔데?"
"존버(존나 버티기)."
그렇게 다음 날이 밝았다. 신우환은 '존버'라는 전략을 사용해서 끝까지 살아남을 수 있다고 호언장담했지만, 나머지 최하급팀원들은 믿지 못하는 듯했다.
하지만 신우환이 1차 시험에서 활약한 전력이 있으니 그를 믿어보기로 했다.
"모두 잘 들어라. 지금부터 초이스 아카데미 일반부 교육생들의 2차 시험을 시작하도록 하겠다. 이번 시험은 개인전이다! 단 한명이 살아남을 때까지 시험은 끝나지 않을 것이다. 상, 중, 하, 최하급으로 배정되었던 팀은 잊어버리고 개인으로서의 기량을 확실하게 보여주기를 바란다."
"……!"
"룰은 간단하다. 모든 교육생들은 생성된 게이트에 들어가서 비행기에 탑승하게 된다. 그 비행기에서 떨어져 내려 원하는 곳에서 장비를 정비한다. 그 후, 너희들의 목숨을 조여 오는 전기장을 벗어나 끝까지 살아남는 자에게 초이스가 될 수 있는 특권을 주겠다. 이번 시험은 특별히 게이트 안에서 죽어도 죽지 않게 설정을 해두었다. 그러니 죽음을 두려워하지 말고 최선을 다해서 전투를 벌여주길 바란다. 이상."
이만길이 룰에 대한 설명을 끝내자 교육생들이 하나, 둘

씩 게이트로 들어가기 시작했다. 70명이 전원 입장하자 게이트가 푸른색이던 게이트가 붉은색으로 바뀌었다.

그리고 게이트 위에 위치한 거대한 스크린에 시험 상황이 생중계되었다. 30명의 초이스부와 UN그룹의 직원들은 일반부 교육생들의 시험을 관전하기 위해서 시험장 근처에 와 있었다.

"회장님, 저희 내기할까요?"

"무슨 내기?"

권창우와 박우주, 남궁민과 손민수, 상, 중, 하급의 초이스들 역시 한곳에 옹기종기 모여서 대형 스크린을 보고 있었다.

"누가 1등을 할 지 맞추는 거 어떻습니까?"

"좋아."

박우주는 이번 시험에서 1등할 것 같은 사람을 한명 찍었다. 그렇게 각자 한명씩 1등할 것 같은 사람들을 골랐다.

"맞춘 사람한테는 포상을 줄게."

"와우. 회장님짱!"

"자, 그럼 누가 이길지 한번 구경해볼까?"

대형스크린 속에서는 낙하산을 메고 비행기에 타고 있는 교육생들의 모습이 잡혔다.

"어디 내리려고?

"몰라."

신우환은 대책 없이 떨어져 내리기 시작한 상급과 중급팀 교육생들을 보고 고개를 저었다. 뛰어 내리기전에 위치를 고를 수 있는 것 같았다. 빠르게 작전을 짜야만 했다. 신우환은 수색 끝에 몸 어딘가에서 지도를 찾아냈다.

바로 지도를 살펴보자 어디에서 내려야 할지 감이 딱 왔다. 신우환은 그래도 최하급팀이라도 똘똘 뭉쳐야 된다고 생각하면서 지시를 내렸다.

"지금 뛰어내려!!"

낙하산에서 최하급팀 전원이 떨어져 내렸다. 신우환이 떨어진 곳의 지명은 초이스베이스였다.

초이스들의 베이스가 되는 곳. 신우환은 이곳에서 어떻게 하면 오래 살아남을 수 있을지 고민하기 시작했다.

"흥, 개인전은 무슨. 노예들아! 날 보호해라!!"

"넵!!"

오미나는 하급팀 전원과 같이 다른 지역으로 떨어져 내렸다. 어차피 다 같은 팀이었기에 걱정할 것은 없었다.

최태수 역시 중급팀과 함께 떨어져 내렸다.

유일하게 개인적으로 뛰어내린 팀이 바로 상급팀이었다.

그들은 무슨 자신감인지 정말로 개인행동을 하기 시작했다. 왕시운 또한 거리낌 없이 혼자서 비행기에서 뛰어내렸다.

최하급팀은 초이스 베이스에 떨어지자마자 정보 수집을 했다. 신우환은 주위를 재빠르게 돌아 보고나자 이만길이 했던 말을 이해할 수 있었다.

바닥에 장비템이 널브러져 있었다. 장비를 정비하라는 말은 떨어져 있는 장비템을 주워서 무기로 사용하라는 의미인 것 같았다.

"모두 빨리 움직여서 무기와 장비를 갖춰!"

신우환의 지시에 최하급 팀 전원이 일사분란하게 움직였다. 무기와 의약품, 장비템까지 그럴싸하게 갖춘 최하급팀은 점점 다가오는 전기장을 눈으로 확인할 수 있었다.

"지도!"

"중앙으로 가야합니다."

그렇게 여러 템을 줍던 중에 최하급팀은 2차 시험에서 전기장이 줄어드는 위치를 볼 수 있다는 것을 알 수 있었다.

거리가 꽤 되었기에 최하급팀은 이동을 해야만 했다.

"이렇게 이동하다보면 아무래도……."

"마주칠 수밖에 없겠군."

상, 중, 하, 최하급의 교육생들이 전기장이 줄어들고 있는 중앙으로 향하기 시작했다.

시험을 아주 잘 만들었다고 생각하면서 신우환은 최대한 빨리 이동하기 위해 근처에 있는 버스에 올라탔다. 다행히

10인승이라서 일행 모두를 태울 수 있었다.

버스에 최하급팀을 모두 태운 신우환은 그대로 전기장이 줄어들 예정인 곳으로 재빠르게 가기 시작했다. 자리선점이 굉장히 중요한 시험이었다. '존버 전략'이란 미리 자리 선점을 하고 존나 버텨야지 사용이 가능한 전략이기 때문에 버스를 타고 이동한 것이다.

다행히 다른 교육생들을 마주치지 않고 미리 중앙에 있는 집에 도착할 수 있었다. 신우환은 이제 어떻게 하면 최하급팀 전원을 존버 시킬 수 있을지 고민하기 시작했다. 전기장은 분명 최후의 1인이 남을 때까지 줄어들 것이다. 그렇다면 그전에 미리 이곳으로 오는 녀석들을 처리해야만 했다.

신우환은 바닥에서 굴러다니던 수류탄을 주변에 하나씩 던져두고 위치를 표시해 두었다. 그리고 저격소총을 들었다. 멀리서 누군가 다가오면 저격해서 피해를 최소화 시킬 생각이었다.

다른 최하급팀원들 역시 신우환의 말을 듣고 보이지 않는 지역에 교묘히 숨었다. 그리고 다가오는 적을 섬멸할 계획을 세웠다.

탕탕탕탕!!

그때였다.

옆 지역에서 총소리가 요란하게 울려 퍼졌다. 아무래도

교전이 벌어지고 있는 모양이었다. 최하급팀은 신우환에게 어떻게 할까 물었지만 돌아오는 대답은 하나였다.

"무조건 존버!!"

그렇게 존나 버티고 있을 때, 전기장이 옆 지역으로 줄었다. 70명이었던 인원은 어느새 20명 가까이로 줄어들었다.

"이젠 더 이상 존버 할 수 없다. 침투를 준비하라."

이젠 옆 지역과 싸울 수밖에 없었다. 한편 교전이 벌어졌던 옆 지역은 왕시운이 관리하고 있었다. 교전 상대는 하급팀이었다. 오미나를 필두로 한 노예들을 모두 죽인 왕시운은 유유자적하게 전기장이 줄어드는 것을 보고 있었다.

아직 최태수를 비롯한 일반부 상급 사람들이 모습을 드러내지 않았다. 그렇기 때문에 아직 마음을 놓아서는 안 되는 상황이었다. 지리적 위치는 왕시운이 압도적으로 좋았다. 다음 전기장이 줄어들려고 하자 최하급팀은 뛰는 것을 선택했다.

최태수를 비롯한 중급팀 역시 전기장 안으로 들어가기 위해서 열심히 뛰고 있었다. 그리고 그 모습을 왕시운은 지켜보고 있었다. 여기서 쏘면 위치를 들키기 때문에 왕시운 역시 존버를 시전중이었다. 최하급팀과 중급팀은 이미 위치를 들켰기 때문에 서로 상잔할 가능성이 높았다.

전기장 안에서 유유자적하게 기다리다보면 마지막 남은 놈이 이쪽을 향해서 오게 될 것이다. 그때, 그 녀석을 벌집으로 만들면 2차 시험의 주인공은 왕시운이 될 수 있었다.

"자, 어서 서로 싸우거라!!"

한편, 신우환은 중급팀을 견제할 수밖에 없는 상황에서 어떻게 하면 살아남을 수 있을까 고민했다. 아직까지 등장하지 않은 상급팀이 전기장 안에서 존버를 하고 있을 가능성이 컸다. 그렇다면 여기서 중급팀과 싸우더라도 피해를 볼 뿐이었다.

차라리 중급팀과 상급팀을 싸우게 만드는 것이 더 유리하다고 생각한 우환은 최하급 팀 전원에게 산개하라고 외쳤다.

최대한 뒤쪽으로 돌아서 간다면 최하급 팀 중 몇 명이라도 살아남을 가능성이 생기기 때문이다. 신우환의 의도를 이해한 최하급팀은 조심스럽게 달리기 시작했다.

"전기장이 줄어든다!!"

"뛰어!"

전기장 밖에서 전기장에 닿지 않으려고 사력을 다해서 몸부림을 쳤으나 달리는 속도보다 빠른 전기장의 속도에 하나 둘씩 쓰러질 수밖에 없었다. 상급팀 역시 그렇게 많이 남지는 않았는지 신우환과 김예나, 강철민을 제외하고 중급과 상급팀에서 7명이 남은 듯 했다. 70명으로 시작했던 시험이 이제 10명으로 줄어든 것이었다.

왕시운은 2층집에서 적들의 위치를 가늠하기 시작했다.

9명의 위치를 다 발견하는 순간 사냥 시작을 시작할 것이다. 그렇게 집 안에서 밖을 주시하며 적의 위치를 가늠했다. 왕시운은 마지막 전기장의 위치가 바뀐것을 보고 이동을 해야 한다는 것을 깨달았다.

그 사이, 전기장 안에 들어가지 못해서 사망자가 발생했다. 신우환은 강철민과 김에나와 함께 주변을 경계하면서 전기장 안쪽으로 먼저 들어가려고 했다.

탕!

"아흑."

그때 한발의 총성이 울려 퍼졌고 김예나가 쓰러졌다.

신우환은 김예나를 부축하려다가 숨이 끊어진 것을 보고 이를 갈았다. 강철민이 그런 신우환을 보고 달리기 시작했다.

철컥. 탕!

"크헉."

이번에는 강철민이 쓰러졌다. 일격필살이었다. 한발에 한명씩 목숨을 앗아가는 총소리를 들으면서 신우환은 어금니를 꽉 깨물고 빠르게 달렸다.

적이 어디서 쏘고 있는지 모르기 때문에 지금은 도망치는 수밖에 없었다. 전기장 안에서 은폐, 엄폐하면 최후의 1인에 더 가까워 질 수 있었다.

탕!

이번에는 아슬아슬하게 탄이 신우환을 스쳐지나갔다. 천운이라고 생각하면서 신우환은 전기장 안쪽으로 들어올 수 있었다. 이제 다른 4명 모두 이쪽으로 들어와야 하는 상황이었다.

예상대로라면 저격수 한명과 최태수와 중급팀 동지 한 명, 그리고 왕시운이 남았을 것이다. 신우환은 들고 있는 비도를 꽉 움켜쥐었다. 적들을 발견하는 순간, 그의 비도가 하늘을 가를 것이다.

"뛰는구나!"

그때, 전기장 안으로 들어오기 위해서 최태수와 중급팀원으로 보이는 자가 뛰기 시작했다. 다른 쪽에서는 왕시운이 뛰어오고 있었다. 어떤 놈을 향해 먼저 비도를 던져야 할지 고민하던 신유환은 곧 최태수와 중급팀원에게 비도를 뿌렸다.

빠른 속도로 날아간 비도는 정확하게 최태수와 중급팀원의 심장에 박혔다.

"크억."

왕시운 또한 최태수와 중급팀원이 쓰러진 것을 보고는 이제 남은것은 최하급 팀원을 철저하게 사살한 저격수와 신우환만 남았다는 것을 깨달았다. 그는 곧 전속력으로 전기장 안으로 들어가기 위해서 달려들었다.

최후의 3인이었다.

결과를 예측할 수 없는 승부 속에서 다시 한번 신우환의 비도가 하늘을 갈랐다. 그와 동시에 탕! 하는 소리가 스크린에서 터져 나왔다.

"시험 종료!!"

그때, 시험 종료를 알리는 소리가 들려왔다.

내기를 걸었던 초이스들은 아쉬움의 탄식을 내질렀다.

"뭐야? 근데 우승이… 김한우라고?!"

생각지도 못한 이름의 등장에 모두가 까무러쳤다.

최하급팀의 김한우가 2차 시험에서 끝까지 살아남을 줄은 예상도 못했기 때문이다.

"와, 이런 반전이……."

"과연, 반전일까?"

놀라서 소리치는 사람들을 보고 우주가 중얼거렸다.

우주의 중얼거림을 들은 초이스들이 설마하는 표정으로 깨어난 신우환을 바라보았다.

신우환과 김한우는 서로 하이파이브를 하고 있었다.

"설마……."

"설마가 사람 잡는다지?"

신우환은 초이스가 될 자격이 충분했다. 그리고 김한우 역시 최고의 저격 실력을 갖추고 있었다.

"자, 그럼 우승자를 축하해주러 가볼까?"

* * *

“휴, 정말 대단한 설계였어.”

“맞아. 어떻게 그런 생각을 했대?”

이사랑과 김예나가 말했다. 죽음을 겪어보니까 다시는 그런 경험을 하고 싶지 않았다.

“그나저나 한우 오빠 먹는것만 밝히는 줄 알았는데 저격 실력이 대단한데?”

혹시나 싶어서 신우환은 최하급팀을 둘로 나누었다. 아무래도 1차 시험에서 두각을 보인 신우환을 다른 팀에서 견제할 것이 뻔했다. 그래서 이번 2차 시험에서는 한명을 뽑아서 우승시키기로 전략을 짰다.

그리고 장비를 정비하면서 신우환은 김한우가 스나이퍼로서의 재능이 있다는 것을 알아챘다. 그래서 2차 시험의 우승자로 김한우를 밀어주기로 한 것이다. 최하급팀 전원이 찬성하였고 김한우를 보조하는 팀을 따로 짜서 김한우의 존재감을 최소한으로 줄였다.

이 작전이 가능했던 이유는 바로 개인전이었기 때문이다. 누가 어떤 마음을 품고 있는지 알 수 없었고 처음부터 똘똘 뭉쳐있었던 하급팀은 시험 초반에 오미나가 죽음으로써 무너졌다.

결국 최하급 팀을 막을 수 있는 팀은 아무도 없었다.

왕시운 역시 김한우가 상급 팀 중 하나라고 생각했을 정도였다. 이렇게 2차 시험의 우승자도 최하급팀에서 나오자 상, 중, 하급팀은 최하급팀을 달리 보기 시작했다.

"쳇, 뭐야… 진짜."

2차 시험은 시험의 룰을 빨리 이해하고 신속한 상황판단과 과감한 결단력이 있어야 승리할 수 있었다.

그야말로 서바이벌.

살아남는 능력을 확인하기에 최적화된 시험이었다.

"그럼 2차 시험의 결과를 발표하겠다. 우승자는 최하급팀의 김한우!"

와아아아—

함성소리는 최하급팀에서만 들려왔다.

"1차 시험과 동일하게 김한우는 이제 초이스가 될 수 있는 기회를 가지게 된다."

김한우는 초이스라는 말에 마른 침을 삼켰다. 드디어 염원하던 초이스가 되는 것이다.

"자, 그럼 해산. 다음 시험도 있을 예정이니 교육생들은 실망하지 말도록! 이상."

이만길의 발표가 끝나자 교육생들이 하나, 둘씩 떠나기 시작했다. 왕시운은 무엇이 그렇게 분한지 평소와 달리 분노를 이기지 못하며 한우를 노려보았다.

김한우는 왕시운의 시선을 느끼고 왕시운을 쳐다보았

다.

김한우의 눈빛은 어느새 먹을걸 좋아하는 쾌활한 사내의 눈빛으로 돌아가 있었다.

"한우나 먹으러 가자."

김한우가 쾌활하게 웃는 모습을 본 최하급팀이 모두 웃었다. 어느새 그들은 점점 하나가 되어가고 있었다.

우주는 김한우와 최하급팀들이 서로 협력하는 모습을 보고 발걸음을 돌렸다. 우주는 신우환의 말처럼 최하급 팀의 모든 인원들이 초이스가 될 수 있기를 바랐다.

* * *

"그럼 2차 시험도 끝났으니 느긋하게 한잔 해볼까?"

최주량이 보내준 술들을 시음할 기회가 왔다. 우주는 기대에 찬 눈으로 받은 소주들을 정성스럽게 들어올렸다.

혼자서 마시기는 적적할 것 같아서 우주는 저번처럼 그를 불러야겠다고 생각했다.

"스킬 '드워서 화이트 라벨' 시전."

[드워스 화이트 라벨(특수)] — 드워스 화이트 라벨을 만든 Lv.30의 존 드워를 소환한다.

빛이 번쩍하면서 죤 드워가 나타났다.
"쿵. 헤네시 놈이 조만간 불려갈 일이 있을 거라고 했는데 진짜 불려왔네."

죤 드워가 혼잣말로 중얼거렸다.

"안녕하세요. 박우주라고 합니다."

죤 드워의 중얼거림을 듣지 못한 우주는 죤 드워를 보고 인사를 했다.

죤 드워는 턱수염을 만지면서 우주를 찬찬히 살폈다.

"음… 확실히 술 냄새를 진득하게 풍기는구먼."

"네?"

"아닐세. 그나저나 위급한 것도 아닌데 왜 부른 건가?"

죤 드워는 탁자위에 있는 소주병들을 보고 눈을 번뜩였다.

"설마, 나하고 한잔하자고 부른 거냐?"

죤 드워가 어이가 없다는 듯 우주를 바라보았다. 천하의 죤 드워를 술 마시자고 부르다니, 머리가 어떻게 된것이 아니냐고 묻고 싶었다.

"네. 무슨 문제 있습니까?"

"하하, 아니다. 그래, 한잔 하자. 이 술은 뭐냐?"

우주는 '참나무통 맑은 소주'의 뚜껑을 따서 준비해둔 소주잔에 따르기 시작했다.

"우리나라의 소주입니다. 약 20년 전의 술이라서 희귀한 술이라고 볼 수 있죠."

"옛날 술이라, 좋지."

죤 드워는 누구와 이렇게 술을 마시는 것이 정말 오랜만이라고 생각했다.

"건배!!"

우주와 죤 드워가 술잔을 부딪히고 맑은 소주를 입 속에 털어 넣었다.

"크으! 이거 술 맛 한번 죽여주는구먼. 세월이 담긴 술의 맛이 느껴지는군."

죤 드워가 술맛을 칭찬했고, 우주는 눈앞에 뜨는 메시지를 확인한다고 정신이 없었다.

[알코올을 섭취하였습니다. 스텟 포인트가 1포인트 상승합니다.]

[새로운 알코올을 섭취하였습니다. 스킬 '색다른 알코올'이 발동합니다.]

[스킬 '참나무통 맑은 소주'가 생성됩니다.]

*참나무통 맑은 소주

—참나무통에 들어 있는 맑은 술, 마시면 모든 고통을 사라지게 해준다.

—'참나, 통증이 없네?'

"…제대로 만들어지는 스킬이 없네."

"왜 그러나?"

"아닙니다."

무려 21도짜리 술이었기에 술맛이 훨씬 강했다.

현재 시중에 유통되고 있는 소주들과는 격이 달랐다.

"이런 술을 나와 마시자고 하다니, 이거 영광으로 알아야 하나?"

"하하, 혼자마시자니 적적해서 불렀습니다."

우주의 말에 죤 드워가 웃음기를 지우고 진지하게 얘기를 꺼냈다.

"내가 미리 충고하는데 말이야. 다음번에 이런 기회가 생기거든, 이렇게 낭비하지는 않았으면 하네. 자네가 아는지 모르는지는 모르겠지만… 아니, 아마 몰랐으니까 이렇게 술이나 마시자고 날 불렀겠지. 어쨌든 Lv.30의 가치는 생각보다 낮지 않다네. 그러니 다음에 이런 기회가 생기면 급박한 상황이나 꼭 필요할 때 부르는 것이 좋을 것이야."

"아, 네. 충고 감사합니다."

우주는 죤 드워의 말에 드워스 화이트 라벨을 떠올렸다.

희귀한 술인 만큼 스킬 역시 충분한 가치가 있을 것이다. 경솔했을 수도 있었다. 하지만 후회는 하지 않았다.

우주는 지금 술을 함께 마셔줄 상대가 필요했고 그 상대로 죤 드워를 선택했을 뿐이다.

“그래도 말입니다. 비록 술에 대해 배운것은 없지만 제가 그동안 겪어온 술은, 누구랑 함께 마시냐가 가장 중요했습니다.”

얼마 전까지만 해도 혼술, 혼밥의 시대였다. 하지만 혼자서 마시는 술과 사람들과 어울려서 마시는 술은 분위기 자체가 달랐다.

“그래, 뭐. 사실 이렇게 나와 술을 마신다는 자체가 네 녀석한테는 영광이겠지!!”

죤 드워가 이번에는 곰바우의 뚜껑을 열었다. 우주가 원하는 바를 죤 드워는 아주 잘 알고 있었다. 25도짜리 술답게 소주향이 굉장히 진했다. 소주잔에 가득 술을 따른 죤 드워가 우주한테 잔을 내밀었다.

“오늘은 마시고 죽자구나!”

“좋습니다!!”

소주잔이 다시 한번 청아한 소리를 내면서 부딪쳤다.

[알코올을 섭취하였습니다. 스텟 포인트가 1포인트 상승합니다.]

[새로운 알코올을 섭취하였습니다. 스킬 ‘색다른 알코올’이 발동합니다.]

[스킬 ‘곰바우’가 생성됩니다.]

*곰바우
—곰같은 바위. 곰의 형상을 한 골렘을 소환한다.

"크으. 이 술도 식도를 타고 들어가는 느낌이 정말 괜찮은 술이군."

"하하! 입맛에 맞다니 다행이네요."

"기분이다. 초이스에 대해서 궁금한 것이 있겠지? 무엇이든 좋다. 한가지 질문에 대답해주마."

죤 드워는 기분이 좋은지 호탕하게 웃으면서 말했다.

딱히 아무런 생각을 가지고 있지 않던 우주는 초이스에 대해서 생각해보았다.

최초의 초이스가 된 것부터 지금 이렇게 초이스 아카데미의 설립자가 되기까지 많은 경험을 했다. 어떤 질문을 해야 할까 고민하던 우주가 입을 떼었다.

"초이스에서 대해 궁금한 거라, 다른 것보다 하나 궁금한 것이 있습니다."

"뭔데?"

죤 드워는 우주가 무엇을 물어볼지 궁금했다. 한가지 정도는 소환된 입장으로서 대답할 수 있었다.

"이 초이스 시스템. 이건 누가 만든 겁니까?"

다른 소주의 뚜껑을 따려던 죤 드워의 손이 멈췄다. 정말 핵심적인 질문이었다. 시스템의 주인에 대한 의문을 벌써부터 가지고 있을 줄은 몰랐다.

멈칫거렸던 죤 드워가 우주의 질문에 답했다.

"노아."

"노아요?"

"질문은 한가지뿐이었답니다. 박우주군. 자, 그럼 다음 술을 마셔볼까?"

세번째 술은 '천년의 아침'이었다. 술병자체가 투명한 하얀 병이라서 소주하면 떠오르는 녹색이미지를 탈피한 소주였다.

노아에 대해서 궁금한 우주였지만 말을 돌리는 죤 드워의 태도를 보았을 때 더 이상 물어도 대답을 해주지 않을 것 같았다. 우주는 그냥 술이나 마시기로 했다.

[알코올을 섭취하였습니다. 스텟 포인트가 1포인트 상승합니다.]

[새로운 알코올을 섭취하였습니다. 스킬 '색다른 알코올'이 발동합니다.]

[스킬 '천년의 아침'이 생성됩니다.]

*천년의 아침

—천년 만에 뜬 아침. 천년동안 모은 기운을 단 한번 사용할 수 있다.

"정말 입안에서 사르르 녹는 것 같은 맛이군."

라벨지에 붙어 있는 문구를 본 죤 드워가 말했다. 우주는 '천년의 아침'의 스킬 효과를 확인하면서 눈이 화등잔만하게 커졌다.

내공을 기준으로 했을 때 천년의 기운이면 최후의 필살기라고 생각할 수 있을 정도였기 때문이다.

"괜찮네요, 이 술."

"이제 두병 남았는가?"

참진이슬로의 뚜껑을 열면서 죤 드워가 말했다. 전부 20도가 넘어가는 술들이다. 연거푸 세잔을 마시자 우주는 정신력이 훅훅 줄어드는 것을 느낄 수 있었다.

참진이슬로를 아는 사람은 알겠지만 국민기업 진로가 소비자들의 사랑과 기대에 보답하기 위해 지난 98년 10월 출시한 제품이 참진 이슬로이다.

기존 제품과 달리 이 제품은 술을 마실 때나 마신 다음날에도 숙취가 적고 깨끗한 것이 특징이다. 부드러운 소주를 원하는 소비자들의 요구에 착안해 탄생한 술이었다.

이제 남은 술병은 참진이슬로와 그린 두병뿐이었다.

참진이슬로를 소주잔에 가득 채운 죤드워가 우주에게 잔을 건넸다.

"아, 헤네시가 전해달라는 말이 있더군."

"헤네시요? 헤네시를 어떻게 아십니까?"

헤네시도 죤 드워처럼 같이 술잔을 나누었던 술친구였다. 죤 드워가 헤네시를 어떻게 알고 있는지 우주는 궁금해졌다.

"나중에 너도 알게 될 거다. 아, 어쨌든 헤네시가 '어떤 술이든 결국 친구일 뿐'이라고 전해달라더군."

의미심장한 이야기를 하는 죤 드워와 함께 이번에는 참진이슬로를 들이켰다.

[알코올을 섭취하였습니다. 스텟 포인트가 1포인트 상승합니다.]

[새로운 알코올을 섭취하였습니다. 스킬 '색다른 알코올'이 발동합니다.]

[스킬 '참진이슬로'가 생성됩니다.]

*참진이슬로

—참으로 진실만 말하게 하는 이슬. 이슬을 마실 경우 거짓을 말할 수 없다.

이번에는 거짓말을 못하게 하는 이슬을 스킬로 주었다. 우주는 헤네시가 전해달라는 말을 곱씹었다.

"어떤 술이든 결국 친구일 뿐이라……."

우주는 헤네시의 말을 음미했다. 죤 드워는 자신의 말을 한귀로 흘리지 않는 우주를 대견하게 바라보았다. 많은 것을 해주고 싶은 소환자였다.

죤 드워는 아직 시음을 못해본 마지막 술인 그린의 뚜껑을 땄다.

그린 소주는 1990년대에 흔히 볼 수 있는 소주였다. 숙취효과에 좋은 아스파라긴을 사용해서 만든 술이라 그런지 실제로 숙취가 별로 없는 술이었다.

깔끔한 마무리로 그린 소주를 잔에 채운 죤 드워가 우주에게 잔을 내밀었다.

안주도 없이 연거푸 도수가 높은 술을 다섯잔째 받은 우주가 죤 드워를 바라보고 씨익 웃었다. 오늘 이렇게 죤 드워와 술잔을 기울인 일 역시 제임스 헤네시 때처럼 잊지 못할 기억이 될 것이다.

"오늘 저와 이렇게 술을 마셔주신 죤 드워님을 위하여!"

"하하. 주류계의 후배를 위하여!"

우주와 죤 드워는 소주잔에 담겨 있는 그린을 한번에 입속으로 털어 넣었다.

[알코올을 섭취하였습니다. 스텟 포인트가 1포인트 상승합니다.]

[새로운 알코올을 섭취하였습니다. 스킬 '색다른 알코

올'이 발동합니다.]

[스킬 '그린'이 생성됩니다.]

*그린
—소주를 대표하는 색깔, 초록색을 가진 상대에게 쓴 맛을 보여줄 수 있다.

이렇게 마지막 스킬까지 얻게 된 우주가 죤 드워를 돌아보았다. 죤 드워는 마치 자신의 임무를 다한 듯 점점 희미해지고 있었다.

"노아는 말이다. 초이스를 창조한 신이다. 네가 지금처럼 계속해서 술을 마시다보면 언젠가 만나게 될 거다. 그럼 이만."

"끝까지 알 수 없는 말만 하시고 가시네요."

사라진 죤 드워를 향해서 혼잣말을 중얼거린 우주가 새로 만들어진 스킬들을 다시 떠올렸다.

"아, 참. 보상 상자가 있었지?"

각종 보스몹들을 죽이고 나온 보상들을 우주는 아직 열어보지 않았다.

그러고 보니 다른 애들도 보상 상자를 가지고 있을 거라는 생각이 들었다. 우주는 권창우와 남궁민을 불렀다.

"무슨 일이십니까?"

회장실에 들어오자 술병이 바닥을 나뒹굴고 있고 술잔이 두잔인 것을 보고 권창우는 우주가 다른 사람과 술잔을 주고받았다는 것을 눈치챘다.

"아니, 예전 술이야. 같이 마시려고 불렀어. 그리고 물어볼 것도 있고."

우주의 말을 들은 권창우와 남궁민이 우주의 앞에 앉았다. 우주는 새 잔을 꺼내서 남궁민과 권창우에게 권하며 본론을 꺼냈다.

"내가 너희에게 묻고 싶은것은 너희도 보스 몬스터를 잡았고 보상 상자가 나왔을 거 아니야? 혹시 열어 봤나 해서 불렀어."

우주의 말에 권창우와 남궁민이 '리자드맨 킹의 보상 상자'와 '바다의 왕자, 보세이돈의 보상 상자'를 꺼냈다. 우주 역시 '트윈헤드 오우거의 보상 상자'를 꺼냈다.

각각 광주, 대구, 부산지부에서 얻은 보상 상자였다.

우주는 일단은 보상 상자를 동시에 열어서 마음에 드는 것이 있으면 바꿔서 사용하기로 했다.

그들은 일단 보상 상자를 개봉했다.

"트윈헤드 오우거의 보상 상자 개봉!"

"리자드맨 킹의 보상 상자 개봉!"

"바다의 왕자, 보세이돈의 보상 상자 개봉!"

세개의 보상이 상자에서 빛을 발하면서 그 웅장한 모습

을 드러내었다.

['트윈헤드 오우거의 보상 상자'를 개봉합니다. '폭발적인 오우거의 거력이 담긴 반지'가 나왔습니다.]

[폭발적인 오우거의 거력이 담긴 반지(유니크)]
내구도: 1500/1500
—트윈헤드 오우거의 거력이 담긴 반지이다. 하루에 3회, 반지를 통해서 '폭발하는 오우거의 거력'을 사용할 수 있다.

['리자드맨 킹의 보상 상자'가 개봉합니다. 스킬 '발화'가 나왔습니다. 스킬을 배우시겠습니까?]

[발화]
—리자드맨 킹의 패시브 스킬. 불꽃을 자유자재로 다룰 수 있게 된다.
—분당 정신력 100감소.

['바다의 왕자, 보세이돈의 보상 상자'가 개봉합니다. '보세이돈의 창'이 나왔습니다.]

[보세이돈의 창(유니크)]
내구도: 1000/1000
—바다의 왕자, 보세이돈의 힘이 담긴 창이다. 하루에 1회, 창을 통해서 근처에 있는 물을 원하는 대로 조종할 수 있다.

우주와 권창우, 남궁민은 나온 아이템들을 보고 서로를 쳐다보았다. 전부 굉장한 아이템들이었다.

성급하게 어떤 것을 쓰겠다고 바로 이야기를 할 수가 없어서 권창우와 남궁민은 우주를 바라보았다.

"에이, 아무리 나라도 염치가 있지. 회장이라고 먼저 고르는 건 좀 아닌 것 같아. 너희들이 먼저 골라."

우주가 이렇게 말하자 권창우가 남궁민을 돌아보았다. 이 중에서 막내는 남궁민이기 때문이었다.

"그럼 저부터 고르겠습니다. 전 폭발하는 오우거의 거력이 담긴 반지를 가지겠습니다."

검이 없을 때 권장만으로 적을 상대를 하게 되었을 때가 생겼을 때 유용하게 사용할 수 있을 것 같다고 남궁민은 생각했다.

"창우는?"

"발화 스킬, 제가 가져도 되겠습니까?"

"물론."

이제 권창우는 불 주먹을 사용할 수 있게 되었다.

우주는 권창우가 불 주먹을 날리는 것을 상상해보고 피식거렸다.

자동적으로 우주는 '보세이돈의 창'을 가지게 되었다.

왕자라니까 그리스 신화에 나오는 포세이돈의 아들쯤 되는 것 같았다.

우주는 '언젠가 필요할 일이 있겠지'라고 생각하고 보세이돈의 창을 인벤토리에 집어넣었다.

"그건 그렇고 광석은 안 나왔어?"

"아, 나왔습니다. 여기."

권창우와 남궁민이 꺼내든 광석은 붉은색 광석과 푸른색 광석이었다.

우주는 그 광석들을 보고 오우거를 잡고 나온 광석을 꺼내보았다. 우주가 꺼낸 광석은 회색이었다.

"이거, 아무래도 색깔 별로 쓰임새가 다른 것 같지?"

[붉은색 광석(유니크)]
—원인 모를 힘이 담겨있는 붉은 광석이다.

[푸른색 광석(유니크)]
—원인 모를 힘이 담겨있는 푸른 광석이다.

[회색 광석(유니크)]
—원인 모를 힘이 담겨있는 회색 광석이다.

"어떤 힘이 담겨있다는 말은 이 광석을 에너지로 사용할 수 있지 않을까요?"

"에너지원으로?"

원인 모를 힘이 담겨있는 광석을 에너지원으로 사용할 수 있다면 이 광석은 천문학적인 가치를 갖는다.

"아마 수많은 과학자들이 실험을 하겠지?"

"그렇겠죠?"

"그럼 어떤 발표가 있을 때까지 우린 모으기만 한다."

물량을 독점하듯 가지고 있으면 훗날, 큰 힘이 될 수 있다. 우주는 탁자에 놓여 있던 술잔을 들었다.

"세계주류에 나타난 몬스터들을 처리하느라 고생했다. 이제 한동안은 초이스 아카데미에 집중하자."

"네. 알겠습니다."

"건배!"

우주와 권창우, 남궁민이 오랜만에 휴식을 취하기 시작했다.

술 마시고
스텝업

중국무림협회

"박우주."

거슬리는 이름이었다. 초이스들의 왕이라도 되는 것처럼 모든 초이스들이 박우주를 영웅시하고 있었다.

'박우주처럼 되고 싶다.'

요즘 모든 일반인들의 소망이었다.

"한낱 중소기업에 재직 중이던 녀석이 어떻게 그까지 올라갈 수 있었을까. 능력으로?"

박우주가 기주를 만든것은 초이스가 세상에 등장하기 전이었다. 능력으로 모든것을 이루었다고 보기엔 무리가 있었다.

“생각해보면 이상한 점이 한두가지가 아니군. 능력도 없던 녀석이 무슨 수로 DA컴퍼니를 인수할 수 있었을까?”

호세는 전 세계로 영향을 넓혀가는 기주의 창시자가 박우주라는 것을 처음 알았을 때, 무언가 잘못되었다고 생각했다.

만류귀종(萬流歸宗)이라고 하지만 두가지 모두 잘하기는 어려운 일이었다. 연관이 있지 않고서는 말이다.

“녀석이 주 무기로 쓰는것이 술병이라고 했지. 어쩌면 녀석도…….”

전 세계에 잘 알려져 있는 테킬라 제조사, 호세 쿠에르보의 대표 호세 쿠에르보는 초이스였다.

[호세 쿠에르보]	
LV : 30	나이 : 33세
직업 : 초이스(테킬라 초이스)	

세상에서 테킬라에 대해서 가장 잘 알고 있는 자였다.

호세는 우주도 술과 관련된 초이스의 능력을 지니고 있지 않을까 생각했다.

그렇지 않고서야 기주처럼 정신력과 체력이 조금이라도 회복되는 술을 만들 수 있을 리가 없었다.

“어떻게 만들었는지 도저히 알 수 없다는 것이 더 신기했지…….”

테킬라를 제조하는 것의 역순으로 기주를 분해시켜 보았지만 평범한 재료의 성분만 검출될 뿐이었다.

그리고 그 재료를 토대로 기주를 만들어봤지만 기주와 같은 맛이 느껴지지는 않았다.

호세는 우주를 라이벌이라고 생각했다. 대한민국에서 박우주가 초이스들의 왕일지는 모르지만 타국에서는 아니었다.

“미국에서 철저하게 준비해서 조만간 찾아가도록 하겠다.”

호세의 눈빛이 섬뜩하게 빛나기 시작했다.

* * *

깜빡깜빡.

“근데, 너 말은 못하냐?”

휴식기를 가지기로 하고 방에서 뒹굴고 있던 우주는 주위를 알짱거리는 미니 아이스골렘 때문에 산책을 나섰다.

끄덕끄덕.

우주의 말은 알아듣는지 고개를 끄덕이는 것으로 의사소통을 대신한 미니 아이스골렘은 기분이 좋은지 차가운 기운을 뿜어대고 있었다.

"시원해서 좋긴 하네. 음, 이렇게 나온 김에 마켓이나 가 볼까?"

산책 겸 펫에 대해서 알 수 있을까 싶어서 우주는 마켓 타워 서울지부로 발걸음을 옮겼다.

"남은 스텟이 100정도였나……."

술을 많이 마시지는 않았기에 스텟도 별로 올리지 못했다. 초이스들의 세상에서 스텟은 매우 중요한 역할을 한다는 것을 알고 있었다.

우주는 휴식을 취하는 동안 술을 많이 마셔야겠다고 생각했다.

"괜찮은 물건이 있으려나?"

그렇게 일상에 도움이 될 아이템이 뭐가 있을까 고민하면서 걷다보니 어느새 마켓 타워 서울지부에 도착했다.

[마켓 타워, 서울지부에 입장하시겠습니까? (Y/N)]

"Yes."

우주가 들어가겠다고 이야기하자 마켓 타워으로 향하는 게이트가 활성화되었다.

문득 아카데미에 마켓으로 향하는 게이트가 설치되어 있으면 편할 것 같다는 생각이 들었다.

오늘도 어김없이 우주가 들어왔다는 메시지가 떴는지 테

인이 부리나케 달려왔다.
“왔어?!”
테인의 격한 반응을 보고 우주는 뭔가 이상했다. 테인이 우주를 반길 이유가 없기 때문이다.
“왜 그런 표정이야? 고마워서 이렇게 달려 나왔다. 덕분에 곧 진급할 것 같아!”
“오, 그거 잘됐네!”
우주도 테인 덕분에 많은 일들을 할 수 있었다. 거기다 친한 사람이 더 높은 자리에 있다면 좋은 정보도 많이 받을 수 있을 테니 일석이조였다.
“진급하면 여기는?”
“진급해도 여기는 내가 관리해야지. 관리자가 많은건 아니라서 말이야.”
다행이었다. 주로 이용하는 마켓이 이곳이었는데 다른 관리자가 이곳을 관리하면 그 관리자와 또 친분을 쌓아야만 했으니까 말이다.
“그런데 머리 위에 있는 건 펫이야?”
미니 아이스골렘이 눈을 멀뚱멀뚱 뜨며 테인을 쳐다보았다.
“어. 어쩌다보니 펫을 가지게 됐어. 그래서 말인데 혹시 펫과 관련된 아이템들도 있는가?”
“물론 있지!”

테인이 손을 움직이자 하늘에서 거대한 책이 내려왔다.
전에 봤던 모든 아이템이 담겨있는 사전이었다.
"펫한테 줄 먹이도 있고, 펫을 더 강하게 키우기 위한 스킬북도 있고, 펫과 의사소통할 수 있게 해주는 마법도구들도 있고……."
"와, 장난 아닌데?"
우주가 펫과 관련된 아이템 목록을 훑어보면서 감탄했다.
"펫을 데리고 다니면서 아직 '테이머'라는 직업은 모르나보네? 펫을 데리고 다니는 테이머들에게는 필수인 아이템들이지."
테이머란 직업도 있다는 것을 우주는 테인은 통해서 알게 되었다. 미니 아이스골렘은 우주의 머리 위에서 우주와 같이 책장을 넘기다가 마음에 드는것이 있는지 우주의 머리카락을 꼬옥 쥐었다.
"응? 뭐, 맘에 드는 거라도 있어?"
미니 아이스골렘이 가리킨 것은 사탕이었다.
일반적인 사탕이 아니라는 것이 확연히 티가 났다.
사탕은 푸른색으로 빛이 나고 있었다.
"그거? 아이스 사탕이라고 먹이야."
"그래? 얼마지?"
"저렴해. 한봉지에 1포인트."

한봉지에 사탕이 꽤 들은것 같은데 1포인트라니…….
그동안 비싼 스텟을 주고 아이템과 스킬 북을 구매했던 우주였다. 그렇기에 1포인트는 굉장히 적어보였다.
"몇 개 갖고 싶어?"
미니 아이스골렘이 손가락 5개를 펴보였다. 한쪽 손만 핀 걸 보면 다섯 봉지면 충분하다고 생각한 것 같다.
"저거 다섯봉지 줘."
"좋아."
"다른건 또 없냐?"
끄덕끄덕.
그러고 보니 아직 미니 아이스골렘에게 이름도 지어주지 않았다. 우주는 마땅한 이름이 없을까 생각하면서 책장을 넘기기 시작했다.
"맹꽁이가 어떨까? 네 이름."
미니 아이스골렘이 우주의 말을 듣고 눈을 깜빡거렸다.
"괜찮다고?"
도리도리.
우주는 미니 아이스골렘이 고개를 좌우로 흔드는 것을 봤지만 못 본 척하고 말했다.
"그래, 그럼 넌 오늘부터 맹꽁이야!"
쩡.
"미안, 주먹으로 내리쳐도 호신강기 때문에 안 아파."

부들부들.

미니 아이스골렘이 '맹꽁이'라는 새 이름이 맘에 들지 않는지 화가 난 듯 보였다.

우주가 화제를 전환하기 위해서 테인에게 받은 아이스 사탕을 까서 맹꽁이의 입에 넣어주었다.

냠냠.

"사탕이 효력이 있네."

맹꽁이가 조용해지자 우주는 느긋하게 아이템과 스킬북 등을 살펴보았다. 그러고 보니 전에 여기서 샀던 스킬들은 별로 써 먹지 못했다.

술과 관련된 스킬을 한번 더 알아보려던 우주는 혹시나 하는 생각에 테인에게 물었다.

"테인, 혹시 여기 술 파니?"

"술? 당연하지. 여기에서 파는 술들은 일반 술이 아니라고!"

술을 판다는 소리에 우주가 재빠르게 책장을 넘겼다.

술을 마셔서 스텟 포인트를 얻는다. 스텟 포인트를 이용해서 술을 사서 마시면 다시 스텟 포인트를 얻을 수 있었다. 적어도 한병 당 7포인트는 기본이었다.

거기다 새로운 알코올이었을 경우, 스킬까지 얻을 수 있었다.

어쩌면 엄청난 스텟을 쌓을 수 있을지도 몰랐다.

"소주, 맥주, 칵테일. 뭐야?"
"뭐긴, 사람들의 기호를 생각해서 준비해 둔 술이지. 뭘 원하는데?"
우주가 원하는 것은 희귀하고 특별한 술이었다. 아니, 구체적으로 얘기해보자면 좋은 스킬이 만들어지는 술이었다.
"특이한 술."
"특이한 술? 거참, 취향 한번 까다롭네. 자, 아마 이 세계에서 구할 수 없는 술이 여기에 있을 거야."
테인이 펴준 페이지를 본 우주는 놀라서 환호성을 지를 뻔 했다.

[이 세계의 소주] [이 세계의 맥주]
[이 세계의 럼주] [중원의 매화수]
[중원의 죽엽청] [중원의 여아홍]

마켓에서는 다양한 술들을 판매하고 있었다. 그리고 술의 가격은 5~10포인트 사이였다. 술을 사면 적어도 2포인트 정도 이득을 볼 수 있었다. 거기다 스킬 역시 새롭게 얻을 수 있었다.
우주는 남은 포인트를 전부 투자할까 하다가 그냥 맘에 드는 술 몇 가지만 사기로 했다.

"매화수, 죽엽청, 여아홍으로 세개만 줘."

"15포인트야."

"오케이."

15포인트를 사용해서 술 세병을 구입한 우주가 테인과 인사를 하고 마켓 타워를 빠져나왔다.

"쇼핑하고 온 기분인데?"

냠냠. 끄덕끄덕.

맹꽁이는 우주가 준 사탕을 계속해서 먹고 있었다. 뭐가 그렇게 맛있는지 굉장히 행복해 보이는 표정이었다.

"덕분에 좋은걸 알게 되었네? 고맙다, 맹꽁아!"

냠냠. 끄덕끄덕.

이젠 맹꽁이라고 불러도 아무렇지 않은 듯 맹꽁이는 우주의 머리위에서 경치를 구경하면서 사탕을 먹었다.

산책을 나갔다 온 우주는 오랜만에 연무장으로 향했다.

그동안 실전만 잔뜩 경험했지, 연무장에서 홀로 무공을 갈고 닦은 경험은 없는 것 같았다.

연무장에 도착한 우주는 연무장 안에서 들리는 소리에 귀를 쫑긋 세웠다.

"하압!"

아침에 일어나서 산책을 나갔다 왔기에 점심때가 다 되어가는 시간이었다. 이른 시간이라면 이른 시간이라고 할 수 있었다.

기척을 죽이고 연무장 안으로 들어간 우주는 신우환과 김한우가 비무를 하는 모습을 볼 수 있었다.

'1차 시험의 우승자와 2차 시험의 우승자라?'

우주는 신우환과 김한우의 비무를 흥미진진하게 지켜보았다. 신우환이 비도를 날리면 김한우가 총을 쏴서 비도를 떨어뜨렸다. 저격총만 잘 쏘는것이 아니었다. 근접 거리에서 저렇게 권총을 들고 비도를 맞추려면 엄청난 사격술을 가지고 있어야만 했다.

"역시 괜히 재벌 2세들이 아니라니깐."

녀석들의 프로필을 아직 보지 않아서 어느 기업에서 배출한 자제들인지는 몰랐지만, 확실히 금수저는 다른 것 같다고 우주는 생각했다.

"헉!"

"회장님!"

우주는 자기도 모르게 비무에 끼어든 자신을 보고 피식 웃었다. 몸이 저절로 반응한 것 같았다. 저 춤사위에 어울리고 싶어졌다. 자기가 낄 자리가 아니라는 것을 알았는지 맹꽁이는 어느새 옆으로 빠져있었다. 맹꽁이가 사탕을 먹으면서 본격적으로 구경을 하려고 했을 때 우주가 먼저 움직였다.

"둘이서."

퍽!

"한번!"
퍽!
"덤벼 봐."
폭발적인 도약력을 이용해서 신우환과 김한우를 날려버린 우주는 그들이 일어나는 모습을 보면서 웃었다.
일부러 녀석들이 활동하기 쉽게 원거리로 벌려준 것이다.
과연 방금 전까지 비무를 하던 녀석들의 연계는 어떨지 궁금했다.
"후회하지 마시죠!"
신우환이 비도 세개를 던졌다. 우주를 향해 쏘아져 나아가던 비도는 서로 부딪히면서 방향을 바꿨다.
예측할 수 없는 방향에서 마지막 비도가 우주를 덮쳤다.
탕탕—!
하지만 곧 총소리와 함께 비도는 바닥으로 떨어져 내렸다.
"김한우?"
"신우환?"
"태극의 묘리는 건과 곤, 음과 양처럼 서로를 끌어당기는 것에 있지."
비도와 총알을 서로 부딪치게 한 것은 우주였다.
비도를 서로 부딪치게 해서 방향을 예측할 수 없게 만든

것은 참 좋았으나, 그렇다면 마지막 비도만 신경을 쓰면 그만이었다.

"다음은 내 차례지?"

어차피 권장으로 싸울 거면 경공과 주먹이면 충분했다.

우주는 제운종으로 순식간에 신우환 앞으로 다가가서 주먹으로 신우환의 얼굴을 치려고 했다.

그러나 싸늘한 느낌이 들어, 주먹을 멈추고 몸을 뒤로 뺐다.

슈욱—

그러자 우주가 원래 있던 자리에 비도가 내리 꽂혔다.

정말 완벽하게 잡았다고 확신했는데 우주가 그걸 피하자 김한우가 바닥에 엎드렸다.

"방금 본 대로."

김한우가 총을 세번 연속으로 쏘았다. 탄의 방향이 미세하게 달랐다. 우주는 총소리를 듣고 본능적으로 발걸음을 옮기려 했다. 하지만 이번에도 느낌이 좋지 않았다.

발걸음을 옮기려던 우주는 그 자리에 그대로 서 있었다.

총알이 날아오고 있었지만 굴하지 않았다. 그러자 맨 처음 쐈던 탄을 뒤에서 쏜 탄이 맞춰서 방향을 틀었다.

그리고 막탄이 튕겨 나온 초탄을 때렸고 초탄은 우주가 피하려고 했던 방향을 뚫었다.

신우환의 비도술을 그대로 뺏긴 것이나 다름없는 샷이었

다.

"너희 정말… 대단하구나."

신우환과 김한우는 괴물 보듯이 우주를 쳐다보았다.

우주가 갑자기 연무장 바닥을 뒹굴고 있는 돌 몇 개를 주워들었다.

"설마?"

한웅큼 쥔 돌을 공중으로 던져버린 우주가 소리쳤다.

"알아서 피해!"

그리고 꿀밤을 먹이듯 공중에 뜬 돌들을 쳐내기 시작했다. 그 돌들은 방금 전 신우환과 김한우가 했던 것처럼 서로가 서로를 맞추면서 방향을 틀었다.

그리고 돌멩이가 신우환과 김한우의 몸을 강타했다.

"악악!!"

몸 구석구석에 멍이 생길 것 같았다. 그렇게 돌멩이에 두들겨 맡던 신우환과 김한우가 우주를 찾았을 때는 이미 사라지고 없었다.

"귀신이 곡할 노릇일세."

"아우… 이러려고 연무장 온 게 아니었는데……."

"그러게 말이야."

신우환과 김한우는 서로를 부축하면서 숙소로 향했다.

그 모습을 모두 지켜보던 우주가 맹꽁이를 데리고 권창우에게 향했다.

오랜만에 점심이나 같이 먹을 생각이었다.

"창우야?"

활활 타오르는 권창우의 집무실을 본 우주가 맹꽁이에게 명령했다.

"맹꽁아! 불 꺼!!"

맹꽁이도 상황이 급박한 것을 깨닫고 전력을 다해서 불길을 진압하기 시작했다.

"아, 괜찮습니다."

화르륵.

권창우의 손짓 한번에 불길이 모두 권창우의 손길로 모여들었다. 그러고 보니 불이 났는데 타는 냄새라든지 그런 것이 하나도 느껴지지 않았다.

"너 설마……?"

"네. 발화 능력을 시험 중이었습니다. 이거 전혀 뜨거움을 느끼지 못하게 할 수도 있더군요."

우주가 깜짝 놀란 가슴을 쓸어내렸다.

싸움구경, 불구경이 아무리 재미있다고 하지만 실제로 자기 일이 되어 버리면 그건 마냥 재미있는 일이 아니다.

"그런데 무슨 일이십니까?"

권창우의 말에 우주가 머쓱하게 대답했다.

"아니, 점심 먹자고……."

"네. 좋습니다. 뭐 드시러 가실래요?"

권창우의 대답에 우주가 해맑게 웃으면서 대답했다.

"식당!"

"회장님. 설마 아카데미 식당에 가자는 말씀이신 건 아니죠?"

"맞아."

눈빛이 반짝거리는 것을 보니 말리기는 글렀다고 생각한 권창우가 고개를 끄덕였다. 초이스 아카데미의 점심 식사 시간은 생각보다 치열했다. 권창우가 식당으로 향하면서도 우주에게 계속 다른 곳으로 가자고 권했다.

그러나 우주는 이렇게까지 권창우가 만류하는 이유가 너무 궁금했기에 굴하지 않고 식당으로 향했다.

우당탕탕!

"뭐야?"

"에휴."

밥을 먹는 식당에서 엄청난 소리가 들리자 우주가 기척을 죽이고 식당 안으로 들어섰다.

"내가 새치기하지 말랬지? 어디서 최하급주제에 상급이 밥을 먹는데 같이 끼려고……."

"시험에 우승하면 다냐?"

"그러니까 최하급 소리를 듣는 거야."

우주는 권창우를 돌아보았다. 알고 있었냐는 의미였다.

권창우는 고개를 끄덕였다. 이것 또한 아카데미에서의

알력 다툼이었다. 초이스가 되면 더한 일도 있을 것이다. 우주는 이정도 일은 아무것도 아닌것을 잘 알았다.

그렇지만 화가 났다. 아카데미에서 이런 일이 벌어진다는 사실이 굉장히 짜증이 났다. 군대도 아니고 계급으로 일진놀이를 하는것은 정말 몰상식한 짓이었다.

“회장님?”

“오늘은…….”

점점 더 멀어지는 우주의 목소리를 들은 권창우가 실소를 흘렸다.

“이 와중에 밥 생각을 한다고?”

우주가 뒤에 남긴 말은 ‘점심 못 먹겠다’였다. 권창우는 이렇게 된 이상 제대로 난장판을 쳐야겠다고 생각했다.

우주가 과연 무슨 짓을 저지를 지 알 수 없었다.

그러나 우주가 싼 똥을 치우는 것은 권창우의 몫이었다.

“억울하지도 않냐.”

“누구냐?”

“왜 당하고만 있지?”

“숨어 있지 말고 나와라!”

상급팀원 몇몇이 목소리의 근원지를 찾기 시작했다.

“너희는 왜 아무런 잘못도 없는 최하급팀에게 욕을 하고 있는 거지?”

“…….”

"물었다. 너희는 왜 최하급팀에게 욕을 하고 있는 것이냐."

무거운 중력이 식당전체에 내려앉았다. 상급팀 중에 몇 명이 우주의 정체를 유추하기 시작했다.

상황이 험악해지자 우주가 장내에 모습을 드러냈다.

"회, 회장님."

"말했다시피. 상, 중, 하, 최하는 전부 똑같았어. 근데 1차 시험과 2차 시험에서 우승한 애들은 최상으로 급이 변경될 예정이야. 너희가 그렇게 원하면 말이야."

"최하급팀이 최상급팀으로?"

왕시운이 우주를 보고 당황했는지 중얼거렸다. 최하급팀이 최상급이 된다는 말을 믿을 수 없었다.

왕시운은 모든것을 부정하고 싶었다. 그리고 우주의 머리통을 부숴버리고 싶은 욕망이 스멀스멀 기어 나왔다.

'어둠?'

왕시운의 눈빛에서 진한 어둠을 본 우주가 피식거렸다.

하다하다 이제는 분노에 취한 것 같았다. 신사다운 포스를 풍기기에 어른스러운 줄 알았는데 오히려 정신연령이 더 낮았다.

우주는 사람을 해하고자하는 마음을 가진 사람을 교육생으로 두고 싶지 않았다. 우주는 무표정한 눈빛으로 왕시운을 바라보았다. 교육생 자격 박탈감이었다.

"왕시운."
우주가 나직하게 왕시운을 불렀다.
"우리 초이스 아카데미의 초이스가 되려면 말이지. 기본적으로 사람을 구해야겠다는 마인드를 가지고 있어야 해."
"넌, 초이스가 될 자격조차 없어. 이 시간부로 아카데미장의 권한으로 왕시운의 교육생 신분을 박탈한다. 집으로 돌아가도록."
"뭐, 뭐야?!!"
우주는 식당에 있던 모든 사람이 들을 수 있게 말을 했다. 선례를 남겨놓기 위해서였다. 초이스가 되고 싶은 녀석들이라면 다시는 이런 짓을 못하게 말이다.
"누구 맘대로! 내가 어떻게 여기까지 왔는데!!"
왕시운이 우주에게 달려들었다. 우주는 이미 왕시운의 눈빛을 보고 왕시운의 분노 어린 공격을 직감했다.
왕시운의 손으로 기운이 잔뜩 모이기 시작하는 것을 본 우주는 왕시운이 달려드는 반동을 이용해서 녀석의 힘을 그대로 다시 녀석에게 돌려보내버렸다.
"크억!"
"네가 가진 힘만 믿고 설치기에는 초이스계는 생각보다 뛰어난 자가 많단다. 꼬마야."
꽤 멀리 나가떨어진 왕시운을 부축해주는 자는 아무도

없었다. 마치 최하급팀을 무시하던 것처럼 사람들은 왕시운을 동정하기 시작했다.

"창우야. 재 돌려보내. 그리고 남궁민 불러와."

"네. 회장님."

권창우는 자기 힘에 취해서 기회를 박탈당한 왕시운을 보며 중얼거렸다.

"어쩌면 보기 싫은 얼굴들을 다시 봐야 할지도 모르겠군."

* * *

남궁민은 우주가 부른다는 말에 부리나케 달려왔다.

"어. 왔어?"

"네."

회장실로 들어온 남궁민은 무겁게 내려앉은 분위기에 우주를 돌아보았다. 왕시운이 교육생 자격을 박탈당했다는 소식은 오면서 들었다.

"무슨 일인지는 들었지?"

"네."

"이번 일로 인해서 우리는 중국무림협회와 맞서게 될 것 같아. 그래서 물어보려고. 괜찮나?"

왕시운은 중국무림협회의 추천으로 들어온 교육생이었

다. 남궁민도 이미 알고 있었다. 중국무림협회에서 왕씨가 차지하는 비중은 꽤 컸으니까 말이다.

"중국무림협회와 싸우실 겁니까?"

"시비를 걸어온다면."

중국무림협회의 회장은 남궁민의 할아버지인 남궁벽이었다. 남궁벽이라면 왕시운의 일을 가만두고 보지만은 않을 것이다.

"그럼 싸워야죠. 중국무림협회에 대해서 제가 아는 모든 것을 알려드리도록 하겠습니다."

"괜찮겠어?"

가족들과 싸우라는 말에 동요할 법만도 한데, 남궁민은 한치의 동요도 없이 우주의 편을 들었다. 그렇지만 걱정이 되는 것은 어쩔 수 없었다.

"네. 중국무림협회의 회장이 바로 저희 할아버지입니다. 할아버지의 성격상 왕시운의 일이 알려진다면 분명 UN그룹과 싸우려고 들 겁니다."

남궁민은 할아버지인 남궁벽을 떠올렸다. 남궁진은 어떻게 설득을 했지만 남궁벽은 도저히 무리였다. 그는 모든 이들 위에 군림하고자 했다. 그런 남궁벽도 무공의 우위에 대해서는 어느 정도 인정을 해주었다. 그렇기 때문에 남궁벽을 설득하려면 남궁벽보다 강해야만 했다.

남궁진과의 비무에서 이긴 남궁민이었지만 아직 검왕이

라고 불리는 남궁벽을 이길 수 있을지는 미지수였다. 남궁민이 초이스가 되긴 했지만 남궁벽 역시 초이스가 되었을 것이다.

"그래? 그럼 중국무림협회랑 한바탕할 준비를 해야겠군."

"준비하겠습니다."

남궁민은 권창우를 바라보았다. 중국무림협회가 움직이면 권창우의 스승도 분명 움직일 것이다. 어차피 우주의 밑에 있기로 한 이상 중국무림협회와의 싸움은 어쩔 수 없는 일이었다.

"남궁민."

"네. 회장님."

"할아버지를 이길 수 있을까?"

우주의 물음에 남궁민은 주저했다. 할아버지를 이기는 것은 단 한번도 상상해본 적이 없었다. 하지만 이제는 이겨야만 했다.

"최대한 노력해보겠습니다."

"그래. 알겠어."

우주는 심오한 눈빛으로 남궁민을 바라보았다. 우주는 남궁민을 중심으로 중국무림협회를 집어삼킬 계획을 세우려고 했다. 이왕 싸워야 된다면 확실하게 밀어붙일 생각이었다.

선수필승이라고 어차피 왕시운을 내보낸 이상, 우주는 미리미리 중국무림협회와 싸우기 위해 대비를 해야겠다고 생각했다. 그렇게 왕시운은 초이스 아카데미에서 쫓겨났다.

권창우는 우주의 말을 듣고 스승님에게 연락을 취할 생각이었다. 중국에서 권왕이라고 불리는 스승님이라면 중국무림협회랑 대적한다는 소리를 듣고 가만히 있지는 않으실 것이다.

"하지만 스승님이 오시면 분명……."

우주랑 한판 붙자고 하실 것 같았다.

"뭐, 그 정도야 한판 붙어주시겠지."

우주가 누구한테 질 거라는 생각은 단 한번도 해본 적이 없었다. 권왕과 우주의 대결도 재미있을 것 같았다. 그리고 지금이라면 스승님을 다시 뵐 수 있을 것 같았다.

그렇게 권창우는 권왕에게 보낼 편지를 작성하기 시작했다.

"아, 그러고 보니 한 사람한테 더 연락을 취해야 했군."

권창우가 휴대폰을 들어서 누군가에게 전화를 걸었다.

* * *

"여보세요. 네, 네? 정말입니까? 알겠습니다."

지예천은 전화를 끊고 난 다음 심각한 표정으로 고민하기 시작했다. 권창우의 전화였다. 중국무림협회와 싸우게 될 것 같다고 했다. 어쩌면 현 협회의 회장이 움직일 수도 있었다.

"위험할 수도……."

만약 지예천이 이곳에 있다는 것을 알면 지예천과 함께 우주의 가족을 노릴 수도 있었다. 예전이나 지금이나 스스로는 보호할 수 있었다. 하지만 이제는 보호할 사람들이 더 생겼다.

"무슨 일이 있어도, 지킨다."

우주네 가족이 없는건 상상할 수도 없었다. 이제는 지예천 역시 진짜 가족처럼 생활하고 있었다.

"아, 오빠. 뭐 해? 빨리 안 와?"

아영이 지예천을 보챘다. 지예천은 아영을 보고 환하게 웃어보였다.

"미안, 미안. 어디가기로 했지?"

지예천은 박아영과 핑크빛 사랑을 피워가는 중이었다. 경호 대상을 사랑하게 될 줄은 꿈에도 몰랐다. 하지만 사람 마음이라는 것이 계속 붙어 있다 보니까 정이 들고, 감정이 생길 수밖에 없었다.

아직 우주에게 이야기하지는 않았는데 조만간 말을 할 참이었다. 아영은 딱히 상관없을 거라고 하긴 했지만 따지고 보면 우주가 고용한 고용인인 지예천에게는 중요한 문제였다.

거기다 우주가 가족들을 얼마나 애지중지하는지 알고 있었기에 더 부담이 되었다. 박준우와 이주영은 이미 두 사람의 교제를 허락한 상태였다. 정말 가족같이 붙어 있는 사람이었고 지예천이라면 딸을 잘 챙겨줄 수 있을 거라고 생각했기 때문이다.

"일단! 놀이공원! 저녁은 아빠랑 엄마랑 같이 먹기로 했으니까 그 전까지 신나게 놀자!"

"그럼 안전하게 모셔다드리겠습니다."

지예천은 이 행복한 생활이 지속되길 원했다. 박아영의 입가에 피어난 미소를 보면서 지예천은 속으로 꼭 우주네 가족들을 지키리라고 다짐했다.

"후후. 아이들이 우리랑 같은 곳에 간다는 것을 알면 깜짝 놀라겠죠?"

"그렇지 않을까요?"

박준우와 이주영은 몰래 지예천과 박아영을 미행 나온 상태였다. 이주영이 오랜만에 연애했던 시절로 돌아가고 싶다기에 박준우가 애들이 다니는 곳을 따라다녀 보면 어떨까 하는 의견을 제시한 것이다. 거기에 이주영이 재미있을 것 같다고 찬성해 지금의 상황이 되었다.

그렇게 지예천과 아영이를 따라서 박준우와 이주영은 놀

이공원에 도착했다.
“와. 정말 오랜만인데요?”
“그러게 말이야…….”
연애할 때는 정말 자주 왔던 놀이공원에 가족끼리가 아닌 단둘이 온것은 정말 오랜만이었다. 사실 딸과 같은 곳에 있긴 했지만 말이다.
“우주도 같이 왔으면 좋았으련만…….”
아들이 다 컸다는 사실이 조금은 슬픈 이주영이었다. 박준우가 이주영의 손을 잡고 말했다.
“그래도 오늘은 우리끼리 재미있게 놀아봅시다.”
“좋죠!”
박준우의 말에 이주영이 놀이공원 안으로 박준우를 끌고 들어갔다. 젊은 시절로 돌아간 것만 같았다.
“오빠! 저거 타러가자!!”
아영이는 지예천을 끌고 부메랑을 타러 달려갔다. 박준우와 이주영은 원래 목적을 잊었는지 회전목마, 범퍼카 등 무섭지 않고 재미있는 놀이기구들을 찾아서 타기 시작했다.
“으으…….”
“괜찮아?”
부메랑을 탄 뒤 속이 안 좋은지 아영의 다리가 후들거리고 있었다. 지예천은 그런 아영의 등을 두드려주려고 했다.

"너무 재밌다!! 오빠!! 또 타자!!"

"어? 그, 그래……."

다행스럽게도 아영은 너무 재미있어서 떨림을 감추지 못한 것 같았다. 지예천은 무공으로 단련된 정신과 몸을 가지고 있었기에 이런 놀이기구는 몇 번을 타도 아무렇지 않았다.

그 결과, 지예천은 부메랑을 무려 4번이나 타야 했다. 아영은 스릴 있는 것을 좋아하는 것 같았다. 부메랑을 다 타고 난 뒤, 지예천은 아영이를 데리고 바이킹으로 향했다.

"근데 확실히 오빠 잘 타네? 경호원이라 그런가?"

"아영이야말로 잘 타는데?"

부메랑을 네번이나 탈 수 있는 것도 능력이었다. 성인 남자들도 쉽게 타기 어려운 놀이기구를 네번이나 타다니. 지예천은 바이킹을 타러가면서도 역시 괜히 우주의 동생이 아니라고 생각했다.

초이스가 될 일은 없겠지만 만약 초이스가 된다면 생각보다 엄청난 능력을 얻게 될지도 몰랐다. 그런 생각을 하면서 걷다보니 어느새 바이킹 앞에 도착해 있었다.

"줄이 긴데? 기다릴까?"

지예천의 물음에 잠시 고민하던 아영이 고개를 끄덕였다. 어디를 가나 기다려야 하는 건 마찬가지였다. 지예천과 떠들면서 줄을 기다리는 것도 나쁘지 않을 것 같았다.

"기다려야죠. 그런데 오빠, 그 초이스라는 건……."

"아영아. 그건……."

아영이 초이스에 관한 질문을 하려고 하자 지예천이 사전에 차단하려고 했다.

칙, 치익.

아영에게 초이스의 위험성에 대해서 알려주려던 지예천은 이상한 소리에 고개를 돌렸다. 바이킹이 최고점에 도달할 때마다 나사에서 소리가 나는 것 같았다.

"왜 그래?"

"저대로 두면… 빠질 거야."

여기서 나서면 꽤 많은 인명을 구할 수 있을 것이다. 그렇지만 데이트를 더 이상 할 수 없게 될 것이고, 수많은 시선이 집중될 것이다. 그건 경호원으로서 피해야 될 일이었다. 지예천이 어떻게 할지 고민하는 순간에도 바이킹의 나사는 점점 소리를 더 크게 내기 시작했다.

"무슨 소리지?"

일반인들도 놀이기구에 이상이 생긴 것을 감지했다. 하지만 감지만 했을 뿐이지, 위험성에 대해서는 인지하지 못했는지 멍하니 바이킹을 바라보고 있었다.

"오빠! 뭐해?! 얼른 가서 멈춰!!"

지예천의 중얼거림과 놀이기구에서 나는 소리를 들은 박

아영은 곧 있으면 놀이기구가 떨어질 것을 눈치챌 수 있었다. 그리고 지예천이 무얼 고민하는지도 예상할 수 있었다.

고맙긴 했지만 그래도 사람 목숨이 먼저였다. 박아영의 외침에 정신을 차린 지예천이 그대로 바이킹을 향해 뛰어들었다. 그 순간 바이킹의 나사가 빠져나갔다. 하필이면 바이킹이 다시 최고점으로 올라가는 순간이었다.

"꺄아악—!!"

원래도 소리를 지르고 있던 터라 대기하던 사람들은 정확히 무슨 일이 일어났는지 파악하기 어려웠다. 하지만 놀이기구가 이상하게 틀어지는 모습을 보고 사고가 났다는 것을 인지했는지 재빨리 바이킹에서 벗어나려고 했다.

바이킹은 한쪽 나사가 풀리면서 옆으로 기울어졌고, 그 반동으로 다른 쪽 나사가 휘어서 빠지려고 했다. 바이킹에 타고 있던 사람들은 모두 안전바 때문에 이러지도 저러지도 못하는 상황이었다.

"꺄악!!"

그때, 모자를 푹 뒤집어쓴 지예천이 바이킹과 충돌하려는 면 사이에 나타났다. 그 사이에서 지예천이 팔을 활짝 편 채로 양쪽으로 내공을 내뿜었다.

그러자 바이킹이 일순간 허공에 멈추었다. 공중에서 일어난 일이었기에 중력의 법칙에 따라 바이킹이 다시 떨어지기 시작했다. 그대로 떨어진다면 이번에는 바닥과 충돌할 위기였다.

재빨리 뱃머리로 향한 지예천이 바이킹을 잡은 채로 바닥에 착지했다. 다리에 내공을 가득 집중한 채라서 그렇게 많은 충격을 받지는 않았다.

"초이스다!!"

바이킹에 탄 사람들이 무사하다는 것을 깨닫고 지켜보던 사람들이 바이킹을 구해준 영웅을 향해 소리쳤다. 지예천은 어느 정도 바이킹이 진정되자 모자를 더욱 푹 눌러쓰고 모습을 감추었다.

"으윽. 우웩."

바이킹에 타고 있던 사람들이 하나둘씩 나오고 있었다. 기절한 사람도 있었고, 속이 메스꺼운지 내리자마자 토를 하는 사람도 있었다. 박아영은 지예천이 어디로 갔는지 궁금했지만 일단 바이킹에 타고 있던 사람들을 챙기기 시작했다.

"아, 아영아!"

"엄마? 아빠? 괜찮아?"

바이킹에서 다리를 후들거리면서 내리는 사람이 갑자기 자신의 이름을 부르자 박아영이 놀라서 쳐다보았다. 박준우와 이주영이 바이킹에 타고 있었던 것이다.

"예천이는?"

"일단 모습을 감췄어요."

"정말 예천이 아니었으면……."

박준우와 이주영은 바이킹이 떨어지는 순간 그들을 구한 것이 지예천인 것을 알 수 있었다. 만약 지예천이 아니었다면 지금 이렇게 아영이와 이야기할 수도 없었을 것이다.

"아니, 근데 왜 놀이공원에?"

"우, 우리도 놀러온 거지."

박아영은 박준우와 이주영이 움찔거리는 것을 보고 어느 정도 눈치를 챘지만 지금은 그런 거나 따질 때가 아니었다. 박아영은 다시 다른 사람들을 챙기기 시작했다.

지잉, 지잉.

"여보세요. 어, 오빠. 괜찮아?"

그때 박아영의 핸드폰이 울리기 시작했다. 전화를 받은 박아영은 크게 안도했다. 혹시나 지예천이 다쳤을까봐 내심 걱정하고 있었던 것이다.

"어, 어. 알겠어. 맞다. 바이킹에 엄마랑 아빠도 타고 있었어. 고마워. 어, 곧 갈게!"

전화를 끊은 박아영이 박준우와 이주영을 돌아보았다.

"놀이공원 입구에서 기다린대. 얼른 가자."

어느 정도 사람들이 몸을 가눈 것 같자 박아영이 일어나서 박준우와 이주영을 부축했다. 오늘따라 지예천이 더욱 고마운 날이었다.

* * *

—서울에 위치한 **놀이공원에서 바이킹이 떨어지는 사고가 났습니다. 한 초이스가 나타나서 바이킹에 떨어지기 직전에 사람들을 구하는 모습을 볼 수 있었습니다.

"저거 지예천 같은데?"

"네? 설마요."

TV를 보고 있던 우주와 권창우가 뉴스를 보고 고개를 갸웃거렸다. 그때 우주의 휴대폰이 진동하기 시작했다.

지잉. 지잉.

전화를 받은 우주는 지예천이 양반은 못 된다는 것을 깨달았다.

"어. 무슨 일이야? 뭐?! 알겠어. 곧 갈게."

"무슨 일이십니까?"

"저 놀이공원. 당장 영업 정지시켜버려. 관리를 어떻게 한거야?! 아. 무슨 일인지 물어봤지, 참. 방금 저 뉴스의 주인공, 지예천 맞대. 그리고 저기에 우리 가족이 있었대."

우주가 아우터를 챙겨서 일어나자 권창우가 물었다.

"**놀이공원, 폐업시켜버릴까요?"

권창우의 말에 우주가 피식거렸다. 권창우도 우주가 가족을 얼마나 소중하게 생각하는지 알기에 저렇게 말을 한 것이다.

"아니. 그건 좀 심하고 한달 영업 정지 정도면 충분하겠지."

"네. 알겠습니다."

"나갔다 올게."

"네. 다녀오세요."

우주가 나가자 권창우가 휴대폰을 보았다. 권여정은 아직까지 아무런 연락이 없었다.

* * *

"죄송합니다."

"아니야. 어쩔 수 없는 상황이었잖아. 그리고 바이킹에 부모님이 타고 계셨다며? 그럼 경호를 한거나 마찬가지야. 그런데 다 같이 놀이공원에 놀러간 거야?"

우주는 근처 카페에서 지예천과 이야기를 나누고 있었다. 집으로 가서 가족들을 보기 전에 지예천을 통해 상황을 듣기 위해서였다. 보다 자세한 상황을 듣고 싶었기 때문이다.

"먼저 죄송하다는 말씀부터 드리겠습니다."

"뭐가?"

"저, 아영양과 서로 좋은 감정을 가지고 만나게 되었습니다."

깜빡. 깜빡.

우주는 방금 전에 이상한 소리를 들었다는 듯 눈을 깜빡거리면서 지예천의 얼굴을 쳐다보았다. 사고가 순간 정지한 것 같았지만 머릿속으로는 두뇌회전이 빠르게 진행되고 있었다.

"지금, 미성년자인 내 동생과 연애 중이라는 말이지?"

"네. 죽을죄를 지었습니다."

지예천이 재빠르게 머리를 숙였다. 나이 차이도 문제였지만 가장 중요한 것은 박아영이 미성년자라는 사실이었다. 법적으로 걸리는 것은 없지만 사회의 시선도 그렇고 부모님들이 걱정하실 수도 있었다.

"어머니랑 아버지는 알고 있어?"

"네. 알고 계십니다."

"아, 그래? 축하해. 매제 되겠네?"

지예천은 고개를 슬금슬금 들었다. 생각보다 우주가 쉽게 허락했기 때문이다.

"왜? 내가 반대할 줄 알았어?"

"좋게 생각하시지는 않을 것 같았습니다. 아무래도 전 경호원이니까요."

물론 일하라고 가족들에게 붙여뒀는데 여동생과 눈이 맞았다는 소리를 듣고 좋아할 고용자가 어디 있겠는가. 그렇지만 부모님들의 허락까지 맡은 상황에서 우주가 뭐라고 할 권리는 없었다.

본인들이 좋다는데 말릴 이유도 없었고 말이다. 오히려 이렇게 되면 지예천이 조금 더 가족들을 소중하게 생각할 것이고, 지키기 위해서 최선을 다할 것이기 때문에 더 신뢰할 수 있었다.

“네 이야기를 들었으니 이제 한번 가족들한테도 이야기를 들으러 가볼까?”

“아, 네. 알겠습니다.”

카페에서 나와서 집에 도착한 우주는 초인종을 눌렀다. 그러자 수많은 레이저가 우주를 겨냥했다. 방어시스템이 잘 작동하고 있다는 것을 확인한 우주가 미소지었다.

“누구세요?”

“저 왔어요.”

“아들!”

이주영이 문을 열어주었고 우주와 지예천이 안으로 들어갔다. 우주는 엄마와 아빠의 뒤에 숨어 있는 박아영을 보고 씨익 웃어주었다. 그러자 박아영이 옆으로 나와서 인사를 했다.

“오빠, 왔어?”

뒤에 지예천이 서 있다는 것을 깨달은 우주가 장난기 가득한 얼굴로 박아영에게 물었다.

"그 오빠가 날 얘기하는 거니 아니면 예천이 얘기하는 거니?"

"아, 오빠!!"

"하하. 장난이야."

우주가 지예천을 언급하자 무거웠던 분위기가 해소되었다. 우주를 거실로 데리고 들어온 박준우와 이주영이 우주에게 물었다.

"다 들었니?"

"네. 뭐, 이야기는 들었는데요. 그게 중요한 게 아니라 몸은 좀 괜찮으세요?"

"어, 어. 예천이 덕분에 크게 다치진 않았단다."

"다행이네요."

너무 지예천과 박아영 이야기에 관심이 쏠린 것 같아 우주가 먼저 부모님의 몸 상태를 여쭤봤다. 나이가 들면 적은 충격으로도 몸을 움직이기 힘들어진다는 사실을 우주는 잘 알고 있었다.

우주는 새삼스럽게 지예천에게 고마웠다. 사실 박아영과 데이트하는 날 같은 경우는 지예천이 쉬는 날인 것이나 마찬가지였기 때문이다.

"그리고 지예천과 아영이 문제는 부모님들도 허락하셨

다고 들었습니다. 맞나요?”

“어, 맞지. 예천이라면 믿고 맡길 수 있는 아이라는 생각이 들어서…….”

“네. 그럼 저한테 따로 허락을 받을 필요는 없죠. 아영이 부모님은 어머니랑 아버지니까요. 아, 물론 경호원 및 운전기사로 붙여뒀더니 귀한 여동생을 꼬셔버린 지예천에게 고용자 입장에서 뭐라고 할 수는 있지만 말이에요.”

우주의 말에 박준우와 이주영이 고개를 끄덕였다. 어쨌든 허락해준다는 소리였다. 혹시나 우주가 반대하면 어떻게 해야 할지 고민 중이었던 박준우와 이주영이었기에 고민 하나를 덜은 느낌이었다.

“만세!!”

“박아영!”

“넵!”

우주의 허락까지 떨어지자 박아영이 만세를 불렀다. 사실 제일 걱정이 되었던 것이 우주의 허락이었다. 지예천은 조용히 고개만 숙일 뿐이었다.

“허락은 해주는데, 위험한 일이 생기면 나서지 말고 무조건 도망쳐. 알겠지?”

“어, 응.”

초이스와 함께 다니면 어쩔 수 없이 위험한 상황에 처할 수도 있었다. 그때 지예천은 싸우더라도 박아영은 도망쳐야만 했다.

"약속한 거다?"

"응. 약속할게."

"그래. 지예천."

"네. 회장님."

우주가 지예천을 불렀다. 지예천과의 계약 조건은 중국무림협회로부터 지예천을 보호해주겠다는 약속이었다. 이 기회에 아주 중국무림협회를 뿌리 뽑아야겠다고 생각했다.

"잘 부탁한다."

"네. 알겠습니다!"

"자자. 그럼 맛있는 거라도 먹으러 갑시다!!"

우주의 말에 가족들의 얼굴에 환한 미소가 피어났다.

* * *

"왕시운이 쫓겨났다고?"

"네. 그렇습니다."

"무슨 이유로?"

중국무림협회 회장 남궁벽은 왕시운이 쫓겨났다는 소식을 듣고 눈살을 찌푸렸다. UN그룹에 있다는 손자를 믿고 협회에서 믿을 만한 아이를 붙여놓은 건데, 이런 식으로 뒤통수를 칠 줄은 몰랐다.

"초이스로서의 기본적인 마음가짐이 안 되어 있다고……."

퍽.

"죄, 죄송합니다."

"흥. 초이스 아카데미라고 할 때 알아봤지. 아카데미는 무슨. 왕시운을 데려와라. 바로 초이스로 만들어서 복수하도록 하겠다."

"네. 알겠습니다."

남궁벽은 남궁진을 불러야겠다고 생각했다. 남궁민을 못 데리고 온 책임은 온전히 남궁진에게 있었기 때문이다.

"가만히 계실 겁니까?"

남궁벽의 옆에 앉아 있던 한 남자가 차를 마시면서 남궁벽을 향해 물었다. 남궁벽이 남자의 말을 듣고 고개를 저었다.

"그럴 리가요. 왕시운은 왕시운대로 복수를 하겠지만 저희는 저희들만의 방식으로 복수를 해야겠죠."

"좋은 생각이십니다."

"부회장님은 어떻게 생각하십니까?"

차를 마시던 중국무립협회의 부회장 왕치안은 고개를 숙였다. 잠시간 묵묵부답이던 왕치안이 고개를 들고 눈빛을 번뜩였다.

"100명이라고 했나요? 소림의 나한들을 출동시킬까요? 화산의 매화검수들도 있습니다."

소림파, 화산파가 아니더라도 협회에 속해 있는 인원들은 많았다. 적당한 보상만 걸어준다면 움직일 인원들이 많다는 뜻이었다. 때마침 줄 수 있는 적당한 보상도 있었다.

"보상으로 마광석들을 걸어라. 간다고 하는 문파에 마광석을 지급하고 UN그룹을 쑥대밭으로 만드는 문파한테는 열배를 지급한다고 해."

남궁벽에게 엎드려서 보고를 하고 있던 남자, 여무진이 고개를 들고 대답했다.

"알겠습니다."

재빨리 방밖으로 나가는 여무진을 보고 남궁벽이 혀를 찼다.

"전쟁이 날 수도 있습니다. 괜찮으시겠습니까?"

"한국에서 발표한 초이스 법령에 따르면 초이스들끼리의 분쟁은 초이스들끼리 해결하라는 법령이 있더군요."

"오. 그거 참 좋은 법령이군요."

그 법령덕분에 초이스들끼리는 어떤 싸움이든 허용된 것이나 다를 바가 없었다. 살인만 아니라면 말이다.

"마광석을 걸었으니 많은 이들이 나서겠지."

남궁벽이 주머니에서 마광석 하나를 꺼내서 만지작거렸다. 지구의 새로운 에너지원이었다.

* * *

"네. 여러분 오늘은 몬스터를 죽이면 나오는 광석에 대해서 알아보려고 합니다. 일반인들은 이 광석을 그냥 보석이라고 생각하실 수도 있을 겁니다."

사회자가 유리박스 안에 담겨져 있는 붉은빛 광석을 가리켰다.

"이 광석이 바로 몬스터를 잡으면 나오는 광석입니다. 초이스들은 이 광석을 마광석이라고 부르고 있습니다. 마력이 깃든 광석이란 뜻입니다. 그리고 이 광석은 이렇게 쓸 수도 있습니다. 아, 참고로 전 MC 초이스입니다. 이렇게 마광석을 쥐고 능력을 발휘하면."

화르륵!!

불길이 화려한 마술쇼처럼 펼쳐졌다. 카메라 감독이 깜짝 놀랐는지 앵글이 흔들렸다. 하지만 곧 앵글을 바로잡자 화려한 불꽃쇼가 펼쳐지기 시작했다.

"모두 놀라셨죠? 이 모든 것은 사실 전부 가짜입니다. 환상이죠. 자, 그럼 마광석을 쥐지 않고 능력을 발휘해보겠습니다."

화륵.

마광석을 쥐었을 때보다 조그마한 불꽃이 카메라 앵글에

잡혔다. 아까 전보다 현저히 좋지 않은 모습이었다.

"에이, 조작이다. 능력을 조절한 것이다. 이렇게 말씀하시는 분들이 계실 수도 있습니다. 못 믿으시겠다면 초이스님들! 직접 사용해보시죠. 아, 대신 마광석도 종류별로 다르다는 것을 잊지 말아주세요! 그럼 MC 초이스, 오무현이었습니다."

이 방송이 전국을 강타했다. 몬스터를 잡으면 나오는 광석에 특별한 힘이 있다고 말하는 이 방송은 초이스들에게 신선한 충격을 주었다. 그리고 일반인들은 마광석을 새로운 에너지원이라고 생각하게 되었고, 마광석의 가치가 상승하기 시작했다.

"방송용으로는 아주 좋네요. 그런데 실제로 저런 것이 가능한가요?"

"직접 써봐. 실제로 저런 효율을 낼 수 있는지 써보면 되잖아."

우주가 피식 웃으면서 권창우에게 말했다. 사실 마광석을 사용하려면 조건이 필요했다. 마광석의 색깔이 다른 것을 보고 연구에 연구를 거듭한 결과였다.

초이스가 마광석을 사용하기 위한 조건은 마광석과 초이스가 사용하고자 하는 능력의 속성이 일치해야만 했다. 방금 전 보았던 MC는 화속성 능력을 사용하는 초이스였고, 마광석 또한 화속성 마광석이었다.

"아깝잖아요."

현재 천문학적인 금액을 자랑하고 있는 마광석이었다. 실험으로 마광석 하나를 버리기에는 너무나 아까웠다.

"그렇게 아끼다가 똥 된다?"

마광석이 능력을 증폭시켜준다는 사실을 알아낸 것은 우주였다. 보석으로 팔 수 있었던 마광석이었지만 그렇게 하지 않고 실험을 해본 것은 마광석이 평범한 보석이 아니기 때문이다.

우주는 마광석을 활용하는 법에 대해서 시간이 날 때마다 연구를 거듭했다. 그리고 그 결과가 마광석에 대해서 홍보하는 방송이었다.

"혼자서 모든 것을 독차지 하는 것보다 마광석의 시세 자체를 올려서 일반인이 아닌 초이스들만 살 수 있도록 한것은 회장님의 계략이었지 않습니까?"

엄청난 재벌이 아닌 이상 사기 어려울 정도로 마광석의 가치가 급상승해버렸다. 모두 우주의 계획에 포함되어 있었다.

"물론 전부 내 계획이었지."

"이러면 마광석을 보상으로 걸면 초이스들과 일반인들이 득달같이 달려들지 않을까요?"

"그렇겠지. 그리고 그걸 난 바라고 있었지."

아마도 이제 너도 나도 마광석으로 큰돈을 벌려고 하는

사람들이 생겼을 것이다. 전에 가상화폐가 뜬다는 소문이 돌자 가상화폐에 사람들이 돈을 투자한 것처럼 마광석을 구하기 위해서라면 무슨 짓이든 하려는 사람들이 있을 것이다.

"중국무림협회도 예외는 아닐 거야."

"먼저 치시게요?"

우주의 의도를 깨달은 권창우가 깜짝 놀랐다는 듯 우주를 바라보았다. 우주는 권창우의 말에 고개를 저었다.

"지금은 내실을 다질 때야. 3차 시험을 준비해. 교육생들을 더 이상 이대로 둘 수 없을 것 같아."

전쟁이 벌어지면 교육생들이 위험해지는 것은 기정사실이었다. 우주는 그런 상황을 미연에 방지하기 위해서 3차 시험을 지시했다.

3차 시험

오랜만에 초이스 아카데미의 교육생 전원을 우주가 강당에 모았다. 그동안 초이스와 일반인들은 조금이나마 초이스가 어떤 것인지에 대해서 배울 수 있었다. 상, 중, 하 그리고 최하급팀 모두 초이스가 되기 위해서 열심히 노력을 했다.

그리고 현재까지 신우환과 김한우만이 초이스가 될 수 있는 자격을 거머쥘 수 있었다. 원래 초이스였던 사람들은 다양한 몬스터와 싸우면서 경험을 익혔다. 그리고 살아남는 법 또한 습득할 수 있었다.

우주는 아카데미 교육생의 면면을 쳐다보면서 마이크를

잡았다.
“모두 오랜만이다. 그동안 잘 지냈는가?”
“네. 잘 지냈습니다!”
아직까지 그들에게 우상이나 다름없는 우주의 말에 모두가 우렁차게 대답했다. 우주는 그런 아카데미 교육생들의 모습을 보면서 외쳤다.
“왕시운이 초이스 자격을 박탈당한 것은 모두 알고 있을 것이다. 왕시운은 중국에 있는 중국무림협회로 돌아갔다. 그리고 중국무립협회에서는 왕시운을 내쫓은 죄를 우리에게 물을 생각인 것 같다. 어쩌면 아카데미가 공격당할지도 모른다. 그래서 여러분에게 미리 공지를 하려고 한다. 여러분은 초이스 아카데미를 대표하는 초이스이자 예비 초이스들이다. 만약 중국무림협회에서 쳐들어왔을 경우, 책임감을 가지고 녀석들과 싸워주길 바란다. 알겠나?!”
“넵!!!”
아카데미를 졸업하고도 UN그룹에 남아 있을 초이스가 몇이나 되겠냐마는 일단 교육생 신분으로는 UN그룹 소속이었다. 이제 어느 정도 아카데미에 적응했을 교육생들을 위해서도, 전력보강을 위해서도 일반인 교육생들이 초이스로 탈바꿈되어야만 했다.
“그런 의미에서 지금부터 3차 시험을 진행하겠다. 3차 시험은 통과자 전원을 초이스로 만들어주겠다고 약속하

지.”

“와아아아아!!”

초이스팀은 무표정한 얼굴로 우주를 바라보고 있었다. 어차피 일반인 교육생들을 위한 연설이고 시험이었다. 그들과 관련이 없을 것이라 생각하고 있던 초이스들은 곧 이어진 우주의 말에 눈을 부릅떴다.

“3차 시험은 앞에 서 있는 서른명의 초이스들과 예순 아홉명의 일반인 교육생들과의 전투 시험이다.”

그러자 이설화가 물었다.

“다 얼려버려도 돼요?”

“네. 가능합니다. 다만 초이스들은 절대 그들을 죽여서는 안 됩니다. 다시 원상복구 시킬 수 있다면 얼리는 것도 충분히 가능하죠. 그리고 일반인 교육생들은 초이스 한 명을 쓰러뜨리십시오. 그러면 초이스로 만들어주겠습니다.”

적어도 30명의 초이스가 새로 탄생할 수 있는 방법이었다. 이렇게 되면 너무 일반인 교육생들에게만 이득을 주는 시험이 될 수 있을 것 같아 우주는 초이스들의 보상으로 마광석을 걸었다.

“초이스들에게도 적절한 보상이 있어야겠지? 제일 많은 일반인 교육생들을 포박한 초이스에게 마광석을 제공해 주겠다.”

마광석을 사용하지 못하더라도 팔아서 어마어마한 이윤을 챙길 수 있었다. 한순간에 억만장자가 될 수 있을 정도였다. 초이스 교육생들도 마광석이 언급되자 눈빛이 초롱초롱해지기 시작했다.

여태까지 팀별 시험이었다면 이번 시험은 모든 일반인 교육생들이 힘을 합쳐야 성과를 낼 수 있는 시험이었다.

"자. 그럼 각 팀별 작전시간을 30분동안 주겠다. 자유롭게 작전을 짜기 바란다!"

강태풍과 류시우, 이설화는 여유로운 눈빛으로 모여서 수다를 떨기 시작했다. 사실 이 시험은 강태풍에게 너무 최적화되어 있는 시험이었다.

그가 가진 배치의 능력을 사용하면 일반인 교육생들을 궁지로 몰고 가는 것쯤은 너무 쉬운 일이었기 때문이다. 물론 초이스들이 얼마나 일반인 교육생들을 다치지 않게 제압하느냐에 모든 것이 달려 있긴 했다.

한편 일반인 교육생들은 완전 따로 회의를 하고 있었다. 상급, 중급, 하급, 최하급팀은 서로 모일 수가 없었다. 최하급팀 때문에 상급팀의 왕시운이 쫓겨났다고 생각하는 사람들이 있어서였다.

"이번 시험은 난이도 최상이다."

일반인 교육생들이 초이스 교육생들을 제압하기란 하늘의 별 따기였다. 한명만 쓰러뜨리면 초이스가 될 수 있다

고는 하지만 초이스들이 다대일로 싸워주는 것도 아니었기 때문에 초이스들을 이기는 것은 무리였다.

거기다 일반인 교육생팀들은 상, 중, 하, 최하급팀 모두가 힘을 합칠 수는 없었기에 더욱 난이도가 높아진 것이나 다름없었다.

"어떻게 하죠?"

최하급팀은 신우환과 김한우를 구심점으로 모여서 이야기를 나누기 시작했다. 아무래도 초이스가 되기로 확정이 난 둘이라면 무슨 방도가 있지 않을까 싶었기 때문이다.

"어떻게 하긴. 한명이라도 더 초이스가 되려면 작전을 잘 짜서 한명이라도 더 쓰러뜨려야지."

10명 전부 초이스가 되기 위해서는 8명이나 쓰러뜨려야 했다. 강철민이 심각한 표정으로 신우환과 김한우를 바라봤다.

"꼭 초이스가 되고 싶어. 도와줘."

간절한 부탁이었다. N그룹에서 개망나니란 소리만 듣고 자라왔다. 그러다 강철현의 지시로 이곳에 들어와 최하급팀을 만나면서 점점 강철민은 바뀌기 시작했다.

강철민은 강렬한 눈빛으로 신우환과 김한우를 바라보았다. 그 모습을 본 나머지 최하급팀도 열정을 불태웠다.

"우리도 질 수 없죠."

"맞아. 여자라고 무시하다간 큰코다칠 거야."

"저 여자 초이스… 우리가 맡을게."

이사랑, 김예나, 구은지가 차례대로 말했다. 신우환은 당찬 여걸들의 모습을 보면서 웃었다. 이게 바로 최하급팀이었다.

"좋아. 우리는 도전자들이니까."

신우환이 품에서 비도를 꺼내들었다. 작전을 짜긴 짜야 했다. 한명이라도 확실하게 쓰러뜨리려면 말이다.

"무슨 방법이 없을까?"

그래도 초이스팀의 상, 중, 하급의 팀장이 누군지 정도는 알고 있었다. 가장 경계해야 될 대상이 적설진이라는 것 정도는 모여 있는 모든 교육생들이 아는 사실이었다.

"적설진, 강태풍, 류시우, 이설화를 제외한 나머지 초이스에 대해서 아는 사람?"

최하급팀 전원이 고개를 저었다. 맨 처음 들어오고 난 이후로 처음 마주하는 것이나 다름이 없었다. 초이스팀이 어떤 교육과 훈련을 받았는지 일반부에서는 하나도 알 수 없었다.

지금 일반부 교육생들이 많은 지식과 경험을 한 것처럼 초이스 교육생들도 분명 많은 교육과 경험을 했을 것이라 어렴풋하게나마 예상할 수 있었다.

"그럼……?"

"여자들이 어떻게 이설화를 상대하겠다고 말하는 건지

는 모르겠는데, 가장 상대하기 까다로운 것이 이설화야."

얼음 능력자인 이설화가 마음먹고 얼려버리려고 하면 능력도 없는 일반부팀이 막을 수 있을 리가 없었다.

"방법은 하나밖에 없어. 상급, 중급, 하급팀에서 류시우랑 이설화를 막아주면 우린 나머지를 공략해야지."

"적설진은?"

신우환의 말에 장진주가 대답했다. 신우환은 고개를 저었다.

"적설진이 나서는 순간 게임 오버야. 그때 봤잖아? 이설화도 한순간에 얼어버리는 거. 급이 달라."

최하급팀 전원이 고개를 끄덕였다. 확실히 신우환의 말대로 적설진과 대치하고 있는 자신들의 모습이 상상이 가지 않았다.

"하지만 무조건 상, 중, 하급의 팀만 믿을 순 없으니까."

"나랑 신우환이 팀장급들한테 시간을 끌게. 그 시간 안에 너희가 다른 초이스를 쓰러뜨리면 작전 성공, 못 쓰러뜨리면 작전 실패인 거지."

김한우가 강철민, 김예나, 조시한, 장진주, 신지수, 이사랑, 구은지, 최지훈을 바라보았다. 사실 그동안 함께해왔지만 각자 숨겨둔 한수쯤은 있을 거란 생각이 들었다.

"신우환의 비도술과 내 저격술처럼 너희도 각자 비장의 한수가 있을 거라고 믿어. 그 한수를 아낌없이 보여줬으면 좋겠어."

김한우가 최하급팀 멤버들에게 말했다. 김한우의 말에 모두가 고개를 끄덕였다. 초이스 아카데미에는 초이스가 되기 위한 훈련만 있는 것이 아니었다.

각종 무술부터 시작해서 병기술에 대한 것들까지 구비해 놓은 상태였다. 여기서 무엇이든 익힐 시간은 충분했다.

"시간 됐다."

신우환이 여유로운 표정으로 일반부 교육생들을 주시하고 있는 초이스팀들을 바라보며 말했다.

"저 여유로운 표정을 박살내주자고."

그렇게 3차 시험이 시작되었다.

"그럼 지금부터 초이스 아카데미 일반부 교육생들의 3차 시험을 시작한다!"

함성소리 같은 것은 나오지 않았다. 오히려 고요함만 가득했다. 탐색전이었다.

"탐색할 것이 있나요? 저들은 일반인이고, 우리는 초이스인데……."

이설화가 강태풍에게 물었다. 초이스 교육생팀의 대표는 강태풍이 되었다. 그들도 이제 배치의 능력을 가지고 있는 강태풍의 지시가 얼마나 효율적인지 알고 있었기 때문이다.

강태풍은 이설화의 말에 대답하지 않고 계속해서 일반부

교육생 69명을 살폈다. 저들 중에 누군가는 변수가 될 것이다. 강태풍은 그걸 파악하고 싶었다.

"그게 바로 방심이란 거야. 사자는 토끼를 잡을 때도 최선을 다해. 저들은 우리가 방심하길 원하고 있을걸?"

강태풍의 말처럼 신우환은 초이스 교육생들이 최대한 방심하길 바라고 있었다. 그래야 조금이라도 승산이 있었기 때문이다.

"역시 움직이지 않는군."

시험이 시작되었지만 일반부 상, 중, 하급팀은 움직이지 않았다. 아마 저들도 최하급팀이 먼저 움직이기만을 바라고 있을 것이다.

소강상태를 깬것은 초이스팀이었다. 강태풍이 결단을 내린 것이었다.

"설화말대로 가만히 있어봤자 바뀌는 건 없지. 일단 머리부터 친다. 상, 중, 하 그리고 최하급팀의 팀장부터 잡아와. 방식은 자유!"

"네. 팀장님!"

이설화와 류시우가 강태풍의 지시에 앞으로 뛰쳐나갔다. 상급팀은 일단 지켜만 볼 심산이었다. 중급팀과 하급팀으로도 충분히 일반부 교육생 전부를 제압할 수 있을 거라고 생각했다.

"온다!!"

류시우와 이설화가 먼저 뛰쳐나오는 것을 본 신우환이 소리쳤다. 최하급팀의 전략은 삼십육계 줄행랑이었다.

"……?!"

나머지 팀은 류시우와 이설화를 피해서 도망치는 최하급팀이 어이없었는지 그저 멍하니 바라보고 있었다.

"얼어붙어버려라!!"

그때 이설화의 냉기가 상, 중, 하급팀을 덮쳤다. 최태수와 오미나는 그래도 중급팀과 하급팀의 팀장이었기에 일사분란하게 지시를 내려서 이설화의 냉기를 피할 수 있었다. 하지만 왕시운이 빠진 상급팀은 개별적으로 행동하고 있었다. 때문에 몇몇은 이설화의 냉기를 전부 피해내지 못해서 발 한쪽이 얼어붙어버렸다.

"피해!!"

이어서 날아오는 류시우의 염력펀치가 발이 얼어붙은 교육생을 향해 작렬했다.

"크헉!"

"1명 다운!"

"내가 묶었는데!!"

"먼저 잡은 사람이 임자지!"

일반부 교육생들을 가장 많이 케이오시킨 초이스에게 마광석이 주어진다. 상급팀까지 나서면 시험 진행이 안 될 것 같아서 우주가 10분간 상급팀의 움직임을 제한하는 핸

디캡을 준 거였다.

"뭐, 10분이지만 말이야."

강태풍이 중얼거렸다. 10분 후면 상급팀 멤버들도 자유롭게 날뛸 수 있었다. 마광석에 욕심이 있는 초이스라면 분명 10분동안의 격차를 줄이기 위해서 빠르게 일반부 교육생들을 제압하려고 할 것이다.

"10분 안에 무슨 일이 생기진 않겠지?"

변수는 언제 나타날지 모르는 일이다. 그리고 그 변수는 지금 은밀하게 기회를 노리고 있었다.

"우리 조폭마누라 팀장님 또 신나셨네."

"그러게 말이야."

류시우와 이설화를 따라 나선 중급과 하급팀의 팀원들은 강 건너 불구경하는 모습으로 일반부 교육생들을 바라보고 있었다. 마치 이설화에게 매번 두들겨 맞는 자신들의 모습을 보는 것 같아서 하급팀 팀원들은 일반부 교육생들이 안쓰러워지기 시작했다.

"근데 쟤들은 왜 도망치기만 하는 거지?"

하급팀 팀원들은 류시우와 이설화를 피해서 도망치는 최하급팀을 바라보고 있었다.

"왜 피하겠어? 맞기 싫어서 피하는 거겠지……."

"음? 쟤네 이쪽으로 오는 것 같은데?"

"뭐?"

최하급팀은 이설화의 거침없는 냉기공격을 피하기 위해 이쪽으로 대피하는 것처럼 보였다.

"설화누님 피하려다 이쪽까지 오는거 아닐까요?"

"야. 불똥 튀는거 아냐?"

팀원 중 하나가 이 말을 하자마자 이설화의 목소리가 들려왔다.

"너희들!! 걔네 잡아!!"

"네. 알겠습니다!!"

반사적으로 튀어나온 대답에 하급 팀원들은 최하급팀이 다가오는 것을 막으려고 일자로 섰다. 그때였다. 땅바닥에서 사슬 하나가 불쑥 나타났다.

"뭐야?!"

"커헉."

사슬은 남자 하급 팀원 중 한명의 소중한 부위를 직격타 했다. '소중한 부위'를 맞은 하급 팀원은 그대로 기절해버렸다.

"한솔아!"

기절한 하급 팀원의 이름이 한솔인 것 같았다. 사슬은 멈추지 않았다. 기습적인 공격이 계속되었다. 갑작스런 공격에 당황한 하급팀이었지만 한솔이 당한 것을 보고 정신을 차렸다.

사슬이라고 해봤자 능력으로 움직이는 것이 아니었다.

한 하급 팀원이 '단단해지는 능력'을 사용해서 사슬을 몸으로 받아내었고, '날카로워지는 능력'을 가진 팀원이 사슬을 잘라버렸다.

"이까짓 사슬쯤이야!"

탕—!

"컥."

단단해지는 능력을 가진 하급 팀원의 어깨에 구멍이 뚫렸다. 바닥으로 쓰러지는 팀원을 보면서 '날카로워지는 능력'을 가진 팀원이 최하급팀을 향해 돌진했다.

"피해!!"

이설화는 팀원들이 당하는 것을 보고 무언가 잘못되었음을 느끼고 외쳤다. '날카로운 능력'을 가진 팀원 역시 위험했다. 보이지 않는 각도에서 비도가 날아오고 있었다.

이설화의 외침을 듣고 비도를 가까스로 피해낸 하급팀 초이스가 최하급팀을 바라보았다. 신우환이 아쉽다는 듯 비도를 회수하고 있었다.

그래도 두명을 쓰러뜨린 것으로 만족했는지 신우환은 바로 몸을 돌렸다. 다시 줄행랑을 치기 시작한 것이다.

"좋았어!"

"도망칠 수 있을 것 같아?!"

초이스 둘을 쓰러뜨린 것에 기뻐하려던 찰나에 이설화의 목소리가 들려왔다. 더 이상 피하는 것은 무리라고 생각한 김한우가 이설화를 조준해서 총을 쏘았다.

탕—!

"저 자식이!!"

총을 쏘려는 것을 보고 몸을 틀었는데 몸을 튼 곳을 쐈다. 만약 얼음을 앞에 두르지 못했다면 허리에 구멍이 났을 것이다. 이설화가 수비를 하려고 시간을 주자 나머지 인원들이 도망치기 시작했다.

"어딜 가려고!!"

피융—!

도망치는 최하급팀을 다시 쫓으려던 이설화의 어깨에 가는 실선이 생겼다. 신우환의 비도가 스치고 지나간 것이다.

"단 한발자국도 못 움직여."

김한우와 신우환이 이설화의 움직임에 제한을 걸었다. 나머지 최하급 팀원들은 이설화한테서 벗어나서 다시 하급 팀원들이 있는 곳으로 왔다. 두 명이 움직이지 못하는 상태가 되어서 그런지 숫자는 굉장히 적어보였다.

"비장의 무기를 꺼내지 않은 팀원들이 이쪽에도 많다고."

구은지가 양팔에 휘감겨 있는 쇠사슬을 휘둘렀다. 구은지의 박력에 하급 팀원들이 뒷걸음질했다. 구은지에게서 이설화의 포스를 느꼈기 때문이다.

"우리도 당할 수만은 없잖아?"

아무리 하급에 배치되어 있다고 해도, 방심하지 않는 이상 하급 팀원들도 호락호락한 상대가 아니었다. 기습의 묘를 살리지 못하면 아무래도 초이스 교육생보다 일반부 교육생이 능력치가 떨어질 수밖에 없었다.

"그러니까 이렇게 기습을 하는 거지."

최지훈이 주머니에 있던 야구공을 꺼내서 하급 팀원에게 던졌다. 원거리 딜러들이 꽤 많이 있는 최하급팀이었다.

"야구공?"

날아오는 야구공에 시선을 뺏긴 하급 팀원은 다시 한번 밑에서 솟구쳐 오르는 사슬을 보지 못했다. 철저하게 남자의 약점을 노리는 구은지를 보면서 최하급팀의 남성들은 조심해야겠다고 생각했다.

"이제 다섯 남았어!"

벌써 넷이나 쓰러뜨렸다. 다섯만 더 쓰러뜨리면 하급팀 전원을 쓰러뜨릴 수 있었다. 초이스도 아닌 일반인들이 초이스를 쓰러뜨릴 수 있다는 것을 보여주고 있었다.

"십, 구, 팔, 칠, 육."

"응?"

그렇게 최하급팀이 신나있을 때 시험장 전역에 카운트다운이 울려퍼지기 시작했다.

"오, 사, 삼, 이, 일."

그리고 카운트다운이 끝나자 강태풍이 있는 곳에서 먼지 바람이 일어나기 시작했다.

"상급팀 투입."

시험장 전역에 울리는 목소리에 일반부 교육생들은 왜 상급팀이 나서지 않고 있었던 것인지를 깨달았다. 나서지 않고 있었던 것이 아니라 나서지 못했던 것이다.

"안녕?"

투입된지 얼마나 지나지 않았는데 가까이에 다가와 있었다. 상급팀의 초이스 중 한명인 당민우가 말이다. 당민우의 인사와 함께 곧 자그마한 바늘의 세례가 하늘에서 최하급팀을 덮쳤다.

"아니, 이건 불공평하잖아!!"

조시한이 하늘을 보고 소리쳤다. 그때 하늘을 가득 메운 바늘의 모습을 본 강철민이 오른손을 들었다. 그러자 신기하게도 당민우가 쏘아낸 바늘이 강철민의 오른손으로 빨려 들어갔다.

"호오?"

당민우는 강철민의 오른손에 있는 물건이 어떤 물건인지 궁금했다. 공력을 담아놓은 바늘들이 순식간에 빨려 들어간 것을 보아 보통 물건은 아닐 것이라는 생각이 들었다.

"지은아!!"

당민우가 찰나지간 당황한 사이, 구은지가 사슬을 당민

우에게 휘둘렀다.
착.
하지만 안타깝게도 하급팀과 상급팀의 차이는 너무 컸다. 구은지가 휘두른 사슬은 허무하게 당민우의 손에 잡혔다.
"계획은 좋았다만 상대가 너무 좋지 않았어."
"아니. 계획은 성공이야."
어느새 구은지 옆에 붙은 김예나가 전기충격기를 사슬에 가져다대고 스위치를 켰다.
파지직.
전류가 흐르는 것은 금방이었다. 당민우는 난생 처음 느껴보는 전류에 잡고 있던 사슬을 놓지도 못하고 그대로 감전되어버렸다.
"컥."
전기충격이 끝나자 당민우가 사슬을 놓고 비틀거렸다. 그러자 신지수와 장진주가 빠른 속도로 뛰어오르기 시작했다.
"너희는 아무것도 할 수 없어."
"운이 좋긴 했는데, 여기까지다."
당민우에게 가까이 다가간 장진주와 신지수는 당민우를 부축하고 있는 임철진과 황보군을 마주했다.
슥—

주먹을 들어올리는 장진주와 신지수를 보고 임철진과 황보군이 서로를 마주봤다. 설마 여기서 주먹을 들어올리는 여걸들을 마주하게 될 줄은 몰랐기 때문이다.

당민우도 중요했지만 여기서 화끈하게 한판 붙어보고 싶었다.

"그럼 잠시만 기다리게!"

임철진과 황보군이 신지수와 장진주에게 달려들었다.

한편 이설화를 맡은 신우환과 김한우는 양손을 들고 항복의 제스처를 취했다. 설마 상급팀이 이렇게 한번에 들이닥칠 줄은 생각도 못했기 때문이다.

시간을 벌어주었을 때 과연 나머지 팀원들이 상대편 초이스를 몇 명이나 쓰러뜨렸는지에 따라 초이스가 될 수 있는 사람이 한정될 것이다.

"최태수와 오미나는?"

요주의 인물이었던 신우환과 김한우의 항복을 받아낸 강태풍은 다음 타깃을 찾았다. 최하급팀이 하급팀 전체를 맡았다면 최태수와 오미나 그리고 상급팀 몇몇이 류시우와 중급팀을 맡았다.

류시우의 염력 앞에 대부분 무릎을 꿇었지만 최태수와 오미나 그리고 상급팀 교육생 몇은 중급팀에 속한 초이스를 쓰러뜨리기도 했다.

"모두 사로잡았습니다."

류시우의 보고에 고개를 끄덕인 강태풍이 임철진과 황보군을 바라보았다. 여자애들 둘을 데리고 놀고 있는 것 같지만 저 정도라면 금방 끝날 것 같았다.

"잠깐. 신우환, 김한우. 여자애 둘, 그럼 나머지 여섯명은?"

강철민, 구은지, 김예나는 당민우 옆에서 바짝 엎드려서 상황을 살피고 있었고, 조시한, 이사랑, 최지훈은 따로 작전을 수행하는 중이었다.

강태풍의 지시에 최하급 팀원들이 사라진 것을 깨달은 초이스 교육생들이 남은 일반부 교육생들을 찾아서 분주하게 움직이려고 했다.

"멈춰. 녀석들이 노리는 것이 바로 이거야."

일반부 교육생들은 '집단은 어떻게 할 수 없지만 각개격파는 가능하다'라고 생각했을 것이다. 숨어 있는 녀석들만 처리하면 3차 시험은 끝난다.

그 사이, 장진주와 신지수가 임철진과 황보군에게 제압당했다. 자연스럽게 당민우 옆에 있던 세명이 백기를 들었다. 이제 남은건 조시한, 이사랑, 최지훈밖에 없었다.

그때 조시한이 무언가를 들고 천천히 강태풍이 보이는 곳에 섰다.

"당장 모두 안 풀어주면 다 죽을……."

"그만둬. 시한폭탄이다."

"네?!"

이대로 터뜨리면 모두가 무사하지 못할 수도 있었다. 이 작전은 오로지 뒤에 있는 이사랑과 최지훈을 믿고 펼치는 작전이었다.

"원하는 걸 말해라."

강태풍이 조시한에게 말했다. 변수가 너무 많았다. 일반부 교육생들이 초이스를 이렇게 압박할 줄은 몰랐다. 강태풍은 배치를 잘못했다는 것을 깨달았다. 우주가 처음부터 상급팀을 투입하지 않은 이유가 있었다.

'잠깐 이 또한?'

강태풍이 조시한을 주시하면서 류시우에게 몰래 사인을 보냈다. 류시우만 보이는 위치에 손가락을 두개 펴보였다. 제발 류시우가 알아듣길 바라면서 강태풍은 조시한을 주시했다.

"우리가 전부 초이스가 되기 위해선 최소 3명은 더 쓰러뜨려야 한다. 우리가 쓰러뜨릴 수 있는 초이스 세명만 넘겨준다면 조용히 물러나겠다."

조시한의 요구에 강태풍이 고개를 끄덕였다. 류시우는 강태풍이 보낸 사인을 보고 계속해서 주위를 살피고 있었다.

아니나 다를까, 몰래 접근하는 이사랑과 최지훈을 발견할 수 있었다.

"설화야!!"

"기다리고 있었습니다!!"

"던져!!"

신우환이 소리쳤다. 조시한은 들고 있던 섬광탄을 하늘로 높이 던졌다. 그리고 섬광탄이 터지는 것을 본 모두의 눈이 멀었다.

단 두명을 제외하고 말이다.

퍽! 퍽!

"크허억."

"커억!"

잠시 후, 류시우가 분하다는 듯 강태풍을 바라봤다. 강태풍은 류시우에게 다가가서 어깨를 두드려주었다.

"3차 시험 종료입니다."

강태풍은 대단하다는 듯 신우환을 바라보았다. 마지막 섬광탄 같은 경우는 류시우가 터지는 것을 막을 수 있었다. 그런데 섬광탄을 던지는 순간 날아온 비도가 섬광탄을 강제적으로 터트려버렸다.

그렇게 섬광탄의 빛 때문에 아무것도 보이지 않게 된 초이스들은 최하급팀에게 속수무책으로 당할 수밖에 없었던 것이다.

술 마시고
스텝업

초이스화(化)

3차 시험의 결과가 공지되었다.

[일반부 상급팀]
: 1명 (조민기)

[일반부 중급팀]
: 2명 (최태수, 배찬우)

[일반부 하급팀]
: 1명 (오미나)

[일반부 최하급팀]
: 7명 (신우환, 김한우는 1차, 2차 시험 우승으로 제외)

—3차 시험의 결과입니다. 팀별로 초이스팀을 쓰러뜨린 만큼 초이스가 될 기회를 얻게 됩니다. 최하급팀은 초이스가 될 수 없는 1명을 선정해주시길 바랍니다.

최하급팀은 엄청난 활약을 펼쳤다. 이미 초이스가 되는 것이 확정난 신우환과 김한우의 활약 끝에 최하급팀은 7명을 쓰러뜨릴 수 있었다.

구은지가 쇠사슬로 하급 초이스의 '소중한 부위'를 때려서 두명이나 기절시켰고, 신우환과 김한우가 한명씩 기절시켰다. 거기다 당민우까지 전투불능으로 만들었다. 그리고 마지막 섬광탄이 터졌을 때 임철진과 황보군을 기절시킬 수 있었다.

총 7명, 일반부 최하급팀이 쓰러뜨린 초이스의 숫자였다.

"1명이 부족하네……."

최하급팀은 이렇게 총 9명이 초이스가 될 수 있는 기회를 얻게 되었지만 기뻐할 수 없었다. 10명인 최하급팀 전원이 초이스가 될 수 없었기 때문이다.

"내가 빠질게."

최지훈이 먼저 입을 열었다. 이번 시험의 공로도를 따져 보았을 때, 최지훈이 가장 공로도가 없었다. 그것을 최지훈 또한 알고 있었다. 초이스가 되고 싶은 마음은 있었지만 그럴 만한 능력이 없었다.

"초이스가 되더라도 지금 상태로는 도움이 되지 않을 것 같다."

최지훈의 말에 주위가 조용해졌다. 확실히 초이스가 되기를 원하기만 했지, 초이스가 되고 난 이후에 대해서는 생각해본 적이 없었다.

"3차 시험이 치러진 이유가 중국무림협회 때문이라고 들었어."

중국무림협회가 초이스 아카데미를 습격할 수도 있다고 했다. 그때를 대비해 일반부에서 우수한 인재들을 차출해 먼저 초이스로 만들 생각인 것 같았다.

"무슨 방법이 없을까?"

이사랑이 물었다. 이렇게 1명만 초이스가 되지 못하는 건 싫었다.

"회장님이라면… 방법이 있지 않을까……."

김예나가 중얼거렸다. 확실히 초이스 아카데미를 설립한 우주라면 방도가 있을 것 같았다. 하지만 신우환은 고개를 저었다. 특혜 같은 것이 있을 리가 없었다.

"여기서 정해진 법칙을 따르지 않게 된다면 경쟁할 필요가 없어져… 아쉽지만 어쩔 수 없어."

"아쉽지만 한명을 버리시겠다?"

신우환의 말에 우주가 나타나서 대답했다.

"회장님!"

우주는 권창우와 다섯 직원들과 함께 초이스로 선발된 자들을 초이스화시키기 위해서 나왔다가 신우환이 하는 말을 들었다. 확실히 혼자만 낙오되는 것은 많이 아쉬울 것 같았다. 그렇다고 특혜를 줄 수도 없는 법. 우주는 최지훈을 바라보았다.

[최지훈]
Lv.10
특기 : 야구, 발굴

"음?"

'스캔'으로 바라본 최지훈의 특기는 야구와 발굴이었다. 야구는 야구공을 던지는 것을 보았을 때, 취미로 어느 정도 배운 것 같았다.

그리고 발굴, 발굴의 사전적 정의는 땅속이나 큰 덩치의 흙, 돌 더미 따위에 묻혀 있는 것을 찾아서 파낸다는 의미이다. 사전적 정의는 이렇지만 발굴은 다양하게 써먹을 수 있었다.

"너, 처음부터 초이스가 될 재목이 아니었구나."
"네?"
"이만길한테 데리고 가서 키우라고 해."
"네."
권창우가 최지훈을 데리고 가버렸다. 당황한 최하급팀이 최지훈을 부르려고 했지만 우주의 얼굴을 보고 최지훈을 부르려던 것을 멈추었다.
"최지훈은 초이스가 되지 않더라도 좋은 길을 제시해줄 거다. 그러니 너희는 지금부터 날 따라오도록."
우주는 미소를 짓고 있었지만 분위기는 가라앉았다. 몬스터 사냥을 나가야 하기 때문에 정신을 차리라는 의미였다.
"최태수, 오미나, 배찬우, 조민기. 너희도 따라오도록."
"네."
우주가 먼저 밖으로 나섰고, 그 뒤를 다섯 직원이 따랐다. 초이스가 될 수 있는 기회를 얻은 11명의 인원이 다섯 직원의 뒤를 따랐다.
우주가 향한 곳은 2차 시험이 있었던 게이트 활성화 진이 설치되어 있는 곳이었다. 게이트 활성화 진은 허상을 불러낼 수도 있지만 실제로 다른 게이트를 통해서 실존하는 몬스터를 불러올 수도 있었다. 양날의 검이 될 수도 있는 정보였기에 이 사실을 아는 것은 우주뿐이었다.

"자. 모두 잘 들어라. 너희는 이미 초이스를 쓰러뜨린 전적이 있을 정도로 단련이 되어 있는 교육생들이다. 지금부터는 실전이다. 몬스터가 나타나면 무슨 수를 써서라도 죽여라. 혼자가 어려우면 둘이, 둘이 어렵다면 셋이 힘을 합쳐서 마지막 순간에 몬스터의 목숨을 취해라. 그럼 너희는 초이스가 될 수 있을 것이다."

우주의 전신에서 기가 뿜어져 나왔다. 그리고 우주의 기에 반응한 게이트가 진동하기 시작했다. 빛과 함께 게이트의 문이 열렸다.

"쿠익?"

게이트에서 나온 몬스터는 바로 오크였다. 초이스들까지 쓰러뜨린 일반부 교육생들이었지만 실제 몬스터를 보자 몸이 경직되는 것을 느꼈다. 1차 시험 때 나타난 트롤보다 훨씬 작은 몸짓이었지만 생동감이 느껴졌다.

"각자 오크를 한마리씩 사냥한다. 그럼 초이스가 될 수 있을 것이다."

최태수가 먼저 앞으로 나섰다. 가장 먼저 초이스가 되고 싶은 마음에 의욕이 앞선 것이다.

"오크라고 방심하지 말도록."

우주의 충고를 들었는지 11명의 초이스 후보생들이 앞으로 나섰다.

오크도 11마리가 나타났다. 11마리의 오크들이 각자의

무기를 가지고 있었다. 초이스 후보생들을 발견한 오크들이 초이스 후보생들을 향해 다가오기 시작했다.

"은지야."

신우환이 구은지를 불렀다. 구은지가 쇠사슬을 땅바닥에 늘이는 것을 본 최하급팀이 여유로운 표정으로 오크들을 바라보았다. 최태수가 먼저 나섰기 때문에 일단은 지켜보기로 한 것이다.

최태수가 평소처럼 달려 나가자 배찬우도 최태수의 뒤를 따랐다. 최태수는 오크라는 평범한 몬스터 정도는 쉽게 잡을 수 있다고 생각했다.

하지만 그것은 큰 착각이었다. 오크들은 생각보다 강했다. 멋모르고 주먹을 내질렀던 최태수는 오크가 휘두른 방망이에 맞고 떨어져 나갔다. 배찬우도 마찬가지였다. 오크는 근접전투만 가능한 것이 아니었다.

마법을 난사하는 오크를 보고 구은지가 배찬우를 사슬로 구해내지 않았더라면 이미 배찬우는 이 세상 사람이 아니었을 것이다. 마법까지 사용하는 오크를 본 최하급팀은 자세를 고쳤다.

쉬운 상대가 아니라는 것을 깨달은 것이다. 신우환이 비도를 몇 개 던져서 오크들의 움직임을 봉쇄하기 시작했다. 각자 한마리씩 죽여야 모두 초이스가 될 수 있었다. 김한우는 욕심을 부리지 않고 저격총을 꺼내들었다.

"한발이면 충분해."

탕—!

한발의 총성이 사위에 울려퍼졌고 오크 한마리가 뒤로 넘어갔다. 김한우가 가지고 있는 총이 어떠한 종류의 총인지는 모르지만 몬스터를 한번에 꿰뚫어버릴 정도의 총인 것은 분명했다.

"쿠익?"

동료의 머리에서 피가 흘러내리는 것을 본 마법사 오크가 분노에 가득차서 주문을 중얼거리기 시작했다.

몬스터를 죽인 김한우가 멍한 눈빛으로 허공을 쳐다보고 있자 신우환이 김한우의 앞을 막아섰다.

"온다. 모두 조심해."

전투오크들로 보이는 오크 무리가 앞으로 달려왔다. 마법을 쓰는 오크는 뒤에서 지원사격을 할 생각이었는지 달려오는 오크들보다 먼저 마법을 날렸다.

마법을 쳐낼 수 있는 방법이 없는 최하급팀은 산개해서 마법을 피할 수밖에 없었다. 신우환이 아직도 멍해 있는 김한우를 데리고 마법을 피하자 오크 무리가 그들 앞에 당도했다.

"쿠이익!!"

한 오크가 들고 있던 글레이브를 풀 스윙으로 휘둘러서 신우환을 공격했다. 신우환은 아슬아슬하게 글레이브를

피하면서 비도를 던졌다. 순식간에 비도 세개가 오크의 몸에 박혔다. 오크는 괴성을 지르면서 다시 글레이브를 휘둘렀다.

김한우를 데리고 이미 한번 중심을 잃은 터라 이번 공격은 피하기 힘들었다. 신우환은 최대한 김한우가 피해를 입지 않도록 보호하려고 했다.

"쿠에엑."

절체절명의 순간, 날아온 전기 충격기가 오크의 얼굴을 정확히 맞혔다. 우연하게도 전기충격기의 스위치가 켜졌고 오크가 감전되었다. 즉사였다.

"김예나?"

멍하니 서 있는 김예나를 발견한 신우환은 김예나를 노리고 달려드는 오크를 보고 무의식적으로 소리쳤다.

"은지야!!"

좌르륵.

구은지는 신우환의 목소리에 재빨리 쇠사슬을 이용해서 김예나를 휘감아 던졌다. 다행히 오크의 공격을 피할 수는 있었지만 김예나는 바닥을 굴러야 했다.

몬스터를 죽인 애들이 하나같이 멍해지는 것을 본 신우환이 주변을 둘러보았다. 아직까지 김한우와 김예나 외에 초이스가 된 사람은 없는 것 같았다.

"이거 아무래도 마지막에 초이스가 되는 사람이 가장 불리한 것 같은데?"

마지막에 초이스가 되는 사람은 오크로부터 모두를 지키면서 싸워야만 했다. 신우환은 멀리서 마법을 쏘아대는 마법사 오크를 보고 이를 갈았다. 다른 오크들은 가까이 오지 않는 이상 큰 위협이 되지는 않았다. 하지만 마법사 오크는 원거리에서도 공격이 가능해서 위협적이었다.

구은지를 제외한 나머지 여자들은 전투에 도움이 되지 않았다. 신우환은 강철민과 조시한 그리고 구은지를 돌아보았다. 그리고 최하급팀이 아닌 셋을 쳐다보았다.

오미나는 뒤로 멀찍이 떨어져 있었고, 최태수와 배찬우는 다시 오크들에게 달려들고 있었다. 그리고 상급팀에 속한 조민기라는 놈은 구경만 하고 있었다. 정말 도움이 되지 않는다고 생각하면서 신우환이 구은지를 불렀다.

"은지야. 정말 미안한데 네가 마지막이 되어야 할 것 같아."

원거리에서 쇠사슬을 이용해서 사람들을 구할 수 있는 구은지가 수비에 적격이었다. 구은지 역시 그걸 알고는 있었다. 하지만 모두를 구해야 한다는 부담을 가지기는 싫었다.

"넌?"

"마법 쓰는 저놈. 저놈부터 가장 먼저 처리해야 돼."

"내가 가지."

조시한이 신우환을 돌아보면서 말했다. 무슨 생각이 있는 건지 조시한은 결연한 표정을 짓고 있었다. 조시한이 다가오자 신우환과 구은지는 비도와 쇠사슬로 오크들을 견제하면서 조시한의 작전을 들어보았다.

"가능하겠어?"

구은지가 고개를 저었다. 조시한이 말한 작전은 생각해볼 필요조차 없었다.

"여자라고 무시해서 미안했다. 신우환과 너는 모두를 지켜야 하니, 내가 저 마법사 오크를 처리할 수밖에 없다고 생각하는데……."

조시한의 말이 맞았다. 조시한의 특기는 폭탄 제조였다. 마법사 오크에게 폭탄을 설치하려면 마법사 오크를 향해 다가가야만 했다. 조시한이 구은지에게 부탁한 것은 마법사 오크 쪽으로 자신을 던져달라는 거였다.

너무 위험했다. 공중에서 마법세례를 받아서 들고 있던 폭탄이 터질 수도 있는 일이었으니까 말이다. 신우환과 구은지를 수비로 두면 마법사 오크를 처리할 사람은 강철민과 조시한이 전부였다.

그리고 강철민보다는 조시한이 살상력을 더 많이 가지고 있었다. 그는 마법사 오크를 처리할 수 있을 만한 능력을 가지고 있었다.

"시간 없어."

조시한의 말에 구은지가 어금니를 깨물었다.
"죽어도 몰라."
"물론. 난 널 믿으니까."
"후. 알겠어."
구은지의 허락이 떨어지자 신우환이 강철민을 불렀다. 강철민은 나머지 여자들을 철통같이 지키고 있었다. 처음 대면했을 때 보여주었던 모습과 다른 모습이었지만 이제는 너무도 자연스러웠다.
"그럼 부탁한다."
"오케이."
"자. 그럼 시작해볼까."
강철민에게 지시를 내린 신우환이 오크들을 향해서 뛰쳐나갔다. 조시한을 던지려면 어느 정도 각이 필요했기 때문이다.
오크들한테 무차별적으로 비수세례를 퍼붓자, 오크들의 대형이 흐트러졌다. 그 틈에 구은지가 쇠사슬로 조시한의 몸을 감아서 마법사 오크 쪽으로 힘껏 던졌다.
"쿠이이익??"
하늘을 나는 조시한을 보면서 마법사 오크는 다시 마법을 영창하기 시작했다. 조시한 역시 마법사 오크가 마법을 쓰려는 것을 공중에서 보았다. 그리고 들고 있던 폭탄을 어떻게 마법사 오크한테 터트리면 될지 고민하고 있었다.

떨어지기 전에 터뜨려야 했다. 떨어지고 나면 마법세례가 조시한을 덮칠게 뻔했다. 하지만 공중에서 폭탄을 던지게 되면 명중률이 현저히 떨어졌다.

"에라 모르겠다. 이판사판이다!"

조시한은 특별히 제작해두었던 수류탄을 꺼내서 마법사 오크에게 던졌다. 마법사 오크는 날아오는 수류탄을 바라보다가 마침 주문이 완성되었는지 마법을 시전했다.

"퀴이익!!"

그리고 그것은 마법사 오크의 마지막 외침이었다.

펑!!

엄청난 폭발 소리와 함께 매스꺼운 연기가 퍼져나갔다. 구은지의 쇠사슬이 빠르게 땅바닥을 기어가기 시작했다. 눈이 보이지 않아서 조시한이 어디에 있는지조차 보이지 않았지만 찾아내야만 했다.

"바보 자식 같으니라고……."

구은지의 중얼거림을 들은 신우환이 강철민을 다시 한번 크게 불렀다. 그러자 강철민이 오른손에 있던 기계를 통해 연기를 흡수했다.

연기가 걷히자 멍하니 하늘을 바라보고 있는 조시한이 보였다. 구은지의 쇠사슬은 그런 조시한을 놓치지 않고 캐치했고, 강철민이 있는 쪽으로 다시 던졌다. 강철민이 조시한을 받아내자 신우환과 구은지의 표정이 변했다. 마법사 오크가 없는 이상 방해되는 것은 없었다.

"강철민을 필두로 모두 따라와. 마지막 숨통만 남겨둘 게. 살생이라고 생각하지 말고 마지막 숨통을 끊어. 그래야 모두가 초이스가 될 수 있을 테니까!"

신우환의 말에 가만히 있던 조민기와 오미나까지 움직이기 시작했다. 여태까지 가만히 있었던 것이 괘씸했지만 신우환은 아무런 행동도 취하지 않았다. 지금은 초이스가 되는 것만 생각해야 했다.

그 이후는 일방적인 살생이었다. 구은지가 쇠사슬을 통해 오크를 구속하면 신우환이 비도로 오크의 힘줄을 모두 끊어버렸다. 잔인한 일이었지만 팀원들의 안전을 위해서는 어쩔 수 없다고 생각했다.

그렇게 마지막 숨통은 뒤에서 따라온 장진주와 신지수가 차례차례로 끊어냈다. 그리고 그들은 멍한 상태에 빠져들었다. 이제 남은 것은 이사랑과 신우환, 구은지 그리고 최하급팀이 아닌 조민기, 최태수, 배찬우, 오미나였다.

신우환과 구은지는 이사랑이 한 오크의 마지막 숨통을 끊는 것을 보고 고민하기 시작했다. 나머지 넷을 초이스로 만들어준 다음에 자신들이 초이스가 되어야 안전을 보장받을 수 있을 것 같았기 때문이다. 신우환과 구은지가 먼저 초이스가 되면 최하급팀을 지킬 사람이 남지 않게 된다.

그들을 무조건적으로 믿을 수 없었기 때문에 신우환과 구은지는 말없이 서로를 쳐다보았다. 신우환과 구은지가 눈빛으로 결단을 내리려고 할 때였다.

"뭐야? 아직 안 끝났네?"

반가운 목소리가 들려왔다.

"김한우!!"

김한우가 깨어났다. 신우환과 구은지는 김한우가 깨어난 것을 확인하자마자 비도와 쇠사슬을 오크들에게 던졌다.

"어?"

신우환의 비도에 맞은 오크는 벌집이 되어서 바닥으로 쓰러졌고, 구은지의 쇠사슬에 목이 날아간 오크 역시 즉사했다. 그러자 신우환과 구은지도 멍한 눈빛으로 변하기 시작했다.

"아하. 나도 저랬단 말이지?"

김한우가 멍하니 서 있는 최하급 팀원들을 바라보다가 최하급팀이 아닌 초이스 후보생들을 바라보았다.

"당신들도 초이스가 되어야 하는거 아닌가?"

저 네명을 위해서 신우환과 구은지는 정확히 네 마리의 오크를 남겨두었다. 무리가 전부 죽어가는 것을 본 오크들은 두려움에 빠진 상태였다.

김한우의 말에 오미나가 몸을 배배꼬면서 앞으로 나섰

다.

"너, 오크 좀 잡아서 내 앞에 대령해줄래?"

오미나의 눈이 요사스럽게 빛나기 시작했다. 김한우가 그 눈빛을 바라보는 것을 본 오미나가 쾌재를 불렀다.

'좋아. 내 눈을 바라봤어! 이제 넌 내거다!'

하지만 상황은 오미나가 원하는 대로 흘러가지 않았다.

"요사스러운 능력을 가지고 있네? 하지만 안 통해."

김한우는 코웃음을 치면서 멍하게 있는 동료들을 조심스럽게 들어 한곳에 모았다. 그리고 들고 있던 스나이퍼를 장전시켰다.

"지금부터 가까이 다가오면 쏘겠다. 물론 그건 저 오크들도 마찬가지. 내 동료들이 너희를 위해서 네 마리를 남겨둔 것 같은데, 난 필요 없거든? 빨리 안 죽이면 너희가 바라던 초이스의 꿈, 박살내버린다?"

[목표물이 이동 중입니다.]

시스템이 작동하자 김한우는 상기된 표정으로 오크들을 쳐다보았다. 얼른 초이스가 되어서 가지게 된 능력들을 시험해보고 싶었다.

"이, 이럴 수가……."

섭혼술이 안 통하는 것을 느낀 오미나는 부들거리면서

오크가 있는 쪽으로 걸어갔다. 가진 능력이라고는 섭혼술 밖에 없기에 최초로 몬스터에게 섭혼술을 걸어보기로 한 것이다.

오미나가 나아가자 최태수와 배찬우가 뒤를 따랐다. 둘은 힘을 지향했다. 오미나가 저렇게 몬스터를 잡으려고 발버둥질하는데 자신들만 가만히 있을 수는 없었다.

"지금까지 참 재미있었는데, 저놈이 흥을 다 깨버렸군."

그때 조민기가 한 발자국 앞으로 나섰다. 어디서 나왔는지 조민기는 창을 들고 있었다.

"이렇게 하면 되는 거겠지."

조민기가 창을 몇번 휘두르자 네 마리의 오크가 순식간에 대자로 뻗어버렸다. 아직 숨은 붙어 있었다. 가까이 다가간 조민기가 오크의 머리통을 창으로 박살내버렸다.

"너희도 하나씩 처리하도록."

조민기의 활약에 최태수와 배찬우, 오미나는 벌어지는 입을 다물지 못했다. 그러다 정신을 차리고 근처에 떨어져 있던 오크들의 무기로 오크를 하나씩 맡아 죽였다.

결국 네명 모두 멍한 눈빛이 되는 것을 지켜보던 김한우가 김이 샜다는 듯 스나이퍼를 다시 등에 메었다.

[스킬이 취소됩니다.]

"뭐, 어쨌든 이걸로 모두 초이스가 된건가."

김한우는 멀리서 지켜보고 있던 우주에게 시선을 주었다. 우주는 김한우의 모습을 보고 씨익 미소지었다.

[김한우]
LV : 20
직업 : 스나이퍼

최하급팀 모두 초이스가 되었다.

* * *

최하급팀 전체를 초이스로 만든 후, 우주는 중국무림협회의 습격을 기다리기 시작했다. 기다리는 건 성격에 맞지 않지만 그래도 새로 초이스가 된 녀석들을 가르치는 재미로 우주는 시간을 보내고 있었다.

"신우환. 느려."

새로 한팀이 된 초이스 신입팀은 13명으로 이루어져 있었다. 아직 팀장은 정해지지 않은 상태였고, 그들은 매일같이 1대 13으로 우주와 대련하고 있었다. 목적은 바로 능력의 효율적인 사용이었다.

신우환의 비도가 우주의 얼굴을 스쳐지나갔고, 그 틈을

타서 바닥에서 보이지 않는 무언가가 우주의 발목을 낚아채려고 했다.

"은지야. 너무 티가 나잖니."

일부러 점프해서 구은지의 쇠사슬을 피해낸 우주를 노리고 김한우의 총알이 쏘아졌다. 하지만 그마저도 우주의 신법 앞에서는 무용지물이었다. 공중에서 자유롭게 운신이 가능한 우주가 이번에는 다가오는 최태수와 배찬우와 주먹다짐을 하기 시작했다.

"크억."

몇 번 공격해보지도 못하고 얼굴과 배를 얻어맞은 두 사람이 허공으로 날아갔다. 그 모습을 보고 이번에는 최지훈이 들고 있던 배트를 휘둘렀다. 까앙하는 소리와 함께 쏘아진 타구가 우주의 귓불을 스쳤다.

"아쉬웠어!"

"어디로 도망가시나요?"

파지직거리는 소리와 함께 우주가 뒷걸음질했다. 신입팀에서 제일 까다로운 상대를 마주쳤기 때문이다.

"잠깐! 전기 충격은!!"

"속임수였죠, 당연히."

김예나에게 시선을 빼앗긴 우주는 양옆으로 다가온 장진주와 이사랑을 보고 호신강기를 시전했다. 왼쪽에서 장진주의 손바닥이 우주에게 명중했고, 오른쪽에서 이사랑의

발차기가 우주의 호신강기를 때렸다.

"다들 너무하잖아."

"제대로 안 하시면 위험하실 겁니다."

목소리와 함께 한 자루의 창이 우주의 뒤를 찔러왔다.

"그렇게 말하는 것 치고 뒤에서 기습은 좀 아니지 않나?"

우주가 술병으로 창을 막아내면서 말했다. 조민기가 어깨를 으쓱하더니 자리를 피했다. 왜 자리를 피하는 것인지 의아하게 여기려던 찰나, 폭탄이 폭발했다.

"후우. 이번엔 위험했어."

연기를 뚫고 나온 우주에게 신입팀 열세명의 공격이 집중 포화되었다.

"맹꽁아."

이런 집중포화에서는 호신강기도 무용지물이었다. 우주는 머리 위에 맹꽁이를 불러내었다. 맹꽁이는 어리둥절한 표정으로 있다가 날아오는 엄청난 공격들을 보고 식겁해서 능력을 발현했다.

"조심하라고. 맹꽁이 화나면 무서우니까."

날아오던 공격이 모두 얼어붙어버렸다. 우주에게 가까이 접근했던 초이스들은 손이 얼어붙기 시작하자 급하게 몸을 빼냈다.

"오늘은 여기까지 하도록 하지. 많이 발전했는데?"

첫날, 열세명은 능력을 제대로 사용하지 못해 우주에게 된통 당할 수밖에 없었다. 그 뒤에 몇 번의 연습과 대련 끝에 이 정도로 성장할 수 있었던 것이다.

"다음번엔 꼭 한방 먹일 겁니다."

조민기가 말했다. 초이스가 된 신입팀을 이끌어가는 것은 신우환이었다. 누구보다 팀워크를 생각하는 마음이 컸기 때문이다. 그렇지만 이 새로운 팀의 최강자는 신우환이 아니었다.

창지기, 조민기. 그가 바로 초이스 신입팀의 최강자였다.

술 마시고
스텝업

교전

당연히 최하급팀과 나머지 네명은 사이가 좋을 수 없었다. 그동안 경쟁해왔던 사이였기에 때문이다. 그래서 조금 더 친해지자는 의미에서 초이스가 된 이후에 대련을 하기로 했다. 대련의 결과는 압도적인 조민기의 승리였다.

조민기는 어렸을 때부터 창을 전문적으로 배워왔다. 처음에는 모두 능력을 제대로 활용할 수 없었기에 기본 실력이 출중한 조민기가 이기는 게 당연했다.

"사실 김한우의 총알을 창으로 쳐냈다고 했을 때는 좀 놀라긴 했지만."

초이스가 된 김한우의 총알은 다른 저격수들과 다른 성

질의 총알이었다. 그럼에도 불구하고 창술로 쳐냈다는 것은 조민기의 창술이 그만큼 대단하다는 말이었다.

어쨌든 결국 조민기에게 지긴 했지만 신우환이 팀장인 것은 변함이 없었다. 생각보다 최태수와 오미나 역시 신우환의 말을 잘 따라주었다. 어떤 꿍꿍이가 있는지는 몰랐지만 어쨌든 신입팀의 팀워크는 점점 좋아지고 있었다.

"자. 이제 한번 와보라고."

우주는 중국무림협회가 빨리 쳐들어오길 바라고 있었다. 권창우, 남궁민 그리고 손민수와 다섯 직원, 초이스 상, 중, 하급팀과 마지막으로 초이스 신입팀까지. 약 오십명의 초이스가 버티고 있는 아카데미에 과연 얼마나 쳐들어올지 궁금했다.

"회장님!!"

때마침 우주를 찾는 소리가 들려왔다. 권창우였다. 권창우가 호들갑 떠는 것을 보니 보통 일은 아닌 것 같았다.

"무슨 일인데?"

"중국무림협회에서 선전포고를 했습니다."

"응?"

기습을 해올 거라 생각했던 것과 달리 중국무림협회는 대놓고 UN그룹에 선전포고를 했다.

"이건 선전포고가 아니라 지금 당장 싸우자는 말이네?"

중국무림협회에서 오십명의 인원을 데리고 왕시운이 돌

아왔다고 한다. 물론 그들을 대표하는 것은 다른 인물인 것 같긴 했지만 말이다.

"그들이 원하는 것이 뭐라고?"

"대전입니다. 우리 초이스들과 자기네 초이스들이 싸워서 누가 더 뛰어난지 자웅을 겨루고 싶다고 합니다. 그리고 자신들이 이기면 왕시운을 다시 초이스 아카데미에 받아달라고 하더군요."

"다시? 아주 자신만만하네."

권창우를 따라서 내려가니 왕시운과 중년 남자가 서 있는 것이 보였다. 우주는 남자의 머리 위에 떠 있는 레벨을 보고 조금 놀랐지만 내색하지 않고 인사를 건넸다.

"안녕하십니까. 박우주라고 합니다."

"아. 중국무림협회 부회장 왕치안이라고 합니다."

[왕치안 Lv. 37]

우주보다 레벨이 높았다. 레벨이 강함의 전부인 것은 아니지만 왠지 모르게 자존심이 상했다. 가식적인 미소를 지어보이는 왕치안을 보면서 우주가 말했다.

"대전을 제안하셨다고 들었습니다만……."

"네. 귀하께서 우리 시운이가 초이스가 될 자격이 없다고 하셨다기에 대체 초이스 아카데미의 실력은 어느 정도

나 되는지 궁금해져서 이렇게 찾아오게 되었습니다."
"그걸 꼭 대전으로 확인하셔야 되고요?"
"물론이죠. 강한 자만이 모든 것을 가진다. 회장님도 그렇게 UN그룹의 회장직까지 올라오지 않았습니까?"
왕치안의 말에 우주는 중국무림협회의 정보력이 생각보다 뛰어나다고 느꼈다. 왕치안의 도발에 우주는 미소를 지었다.
"좋습니다. 대전 받아들이겠습니다. 대신 만약에 저희가 이기면 중국무림협회에서는 어떤 대가를 치르겠습니까?"
우주의 말에 왕치안이 '이거 봐라?'라는 듯 흥미로운 표정을 지었다.
"혹 저희에게 원하시는 거라도?"
"부회장님께서 가지고 있는 중국무림협회의 지분 모두를 제게 넘기시는 거, 가능하시겠습니까?"
"회장님. 그렇게 되면 회장님께서도 UN그룹의 지분을 거셔야 할 텐데요?"
왕치안의 말이 맞았다. 그에 맞는 대가를 걸어야지 계약을 성립시킬 수 있었다. 우주는 이번 기회에 중국무림협회를 집어삼킬 생각을 하고 있었다.
"물론이죠."
"호오. 좋습니다."
왕치안은 지지 않을 자신이 있었다. 지금 데리고 온 무인

들도 무인들이지만, 결국 승패를 좌우하는 것은 우주와 자신의 승부일 것이다. 그리고 왕치안은 우주를 이길 자신이 있었다. 전 세계에 뿌려진 우주가 그리핀과 싸우는 영상. 그 데이터를 알고 있는 것과 모르는 것은 큰 차이였다.

적을 알고 나를 알면 백전백승이라는 말은 괜히 있는 것이 아니었다. 왕치안은 자신감 가득한 어조로 말했다.

"시간은 내일 정오가 어떨까요? 저희도 바쁜 몸이라서."

"장소는 어디로 할 건가요?"

우주의 말에 왕치안은 봐둔 곳이 있다는 듯 이야기했다.

"100명이 자유롭게 싸우려면 좀 큰 평야 정도는 되어야겠지요. 김포라는 지역에 꽤나 큰 평야가 있다고 들었습니다. 내일 정오에 그 곳에서 뵙죠."

"네. 그럼 내일 뵙겠습니다."

우주는 왕시운을 한번 바라보고 등을 돌렸다. 초이스가 되었다고 기고만장한 것 같은데, 과연 초이스 신입팀과 비교했을 때 누가 더 능력을 잘 다룰지 기대가 되었다.

"돌아가자."

"저, 숙부님. 괜찮으신 겁니까?"

왕시운은 왕치안이 자신 때문에 무리를 했을까봐 신경이 쓰였다. 중국무림협회의 지분이면 왕치안의 모든 것이나 다름없었다. 왕치안은 왕시운의 물음에 표정을 굳혔다.

"이게 전부 네놈이 제대로 못했기 때문이란 것을 잊지 말

거라."

"네. 숙부님."

왕시운은 어금니를 꽉 깨물었다. 이 모든 것이 전부 우주 때문이다. 우주만 아니었다면 이렇게까지 멸시받을 일은 없었을 것이다. 왕시운은 우주의 뒷모습을 바라보면서 이를 악물었다.

왕시운이 그러거나 말거나 우주는 내려가자마자 UN그룹 내부에 있는 모든 초이스를 소집했다. 우주의 소집령에 초이스들은 하던 일을 모두 내팽개치고 강당에 집합했다.

강당 안은 조용했다. 대충 소문으로 어떤 상황인지 전해 들었기 때문에 모두 우주의 입만 주시했다.

"이미 들었는지 모르겠지만 무림협회에서 선전포고를 했다. 방식은 정하지 않았지만 내일 정오에 50대 50으로 한판 붙을 것 같다."

백명이 격돌할 예정이라고 중국무림협회에서 그랬으니 분명 대인전으로 몰고 갈 것이 뻔했다. 우주는 어떤 방식이든 상관없었다. 초이스 아카데미에서 가르치는 것들 중에는 전쟁도 있었으니까 말이다.

웅성웅성.

50대 50이라는 말에 강당에 모인 초이스들이 웅성거렸다. 몬스터를 상대하는 것도 아니고 무려 인간과 다수 대 다수로 싸우게 될 줄은 몰랐기 때문이다.

"걱정되는가?"

우주가 나지막이 말했다. 목소리에 내공을 담아서 말하고 있었기에 작은 목소리임에도 바로 옆에서 말하는 듯이 들려왔다.

"아닙니다!"

우주를 바라보고 있는 초이스들이 소리쳤다. 우주는 약 50여명의 아카데미 교육생들과 교관들을 보면서 다시 한 번 말했다.

"너희가 지금까지 배워왔던 것을 실전에서 써먹어보거라."

뛰어난 무인들과 초이스들을 모아둔 것도 있지만 아카데미 교육생들은 팀별로 팀워크가 좋았다. 대인간의 싸움이라면 절대 지지 않을 것이라고 우주는 확신했다.

거기다 우주 자신과 권창우, 남궁민 등 그리핀을 상대했던 멤버들이 그대로 출전하기 때문에 우주는 크게 걱정하지 않았다. 왕치안이 데리고 온 무인들이 어떤 무인들인지는 모르겠으나 우주는 승리를 자신했다. 그리고 우주가 가지고 있는 스킬이면 왕치안보다 레벨은 낮지만 승리할 수 있을 것이라고 생각했다.

분명 그랬는데…….

* * *

다음 날 정오. 김포 평야에 도착한 우주는 왕치안과 같이 있는 오십여명의 초이스들을 보고 벌어지는 입을 다물 수 없었다.

"레벨이……."

"네?"

옆에 있던 권창우가 우주의 중얼거림을 듣고 반문했다. 우주는 권창우의 질문에 아무것도 아니라는 듯 고개를 저었다. 싸우기 전부터 알게 된 사실을 발설할 수는 없었다.

우주의 '스캔'에 보이는 상대방 오십여명의 평균레벨은 20 이상이었다. 무공을 어느 정도 갈고 닦은 무인들이라는 것이 레벨로 드러났다.

"강태풍."

"네. 회장님."

강태풍이 우주의 부름에 대답했다. 배치의 능력을 가지고 있는 강태풍이라면 전황을 조금 더 잘 읽을 수 있을 것이라고 판단했다. 초이스 아카데미의 전력은 우주와 권창우, 남궁민을 필두로 다섯 직원과 상급팀, 중급팀, 하급팀 그리고 신입팀으로 나눠져 있다.

결국 전력을 총 다섯팀으로 나눌 수 있다는 이야기였다. 그리고 그것을 나누는 것은 전적으로 강태풍에게 맡기려고 했던 우주였다.

"전력을 나눠봐."

"네. 알겠습니다."

강태풍이 전력을 나눌 때까지 상대편 동태를 살피기로 한 아카데미팀은 중국무림협회에서 데리고 나온 무인들을 바라보았다. 그들은 10명씩 다른 옷을 입고 있었다. 권창우와 남궁민이 그들이 입은 옷의 문양을 보고 눈을 부릅떴다.

"오대세가!!"

오대세가.

남궁세가, 모용세가, 제갈세가, 하북팽가 그리고 왕씨세가. 왕씨세가는 원래 오대세가에 속해 있던 황보세가를 누르고 오대세가 반열에 올라 중국무림협회에서 막강한 권력을 휘두르는 세가였다.

그리고 왕치안은 중국무림협회의 부회장이면서 왕씨세가의 세가주였다. 그의 명 아래, 각 세가에서 열명씩 차출해서 이렇게 UN그룹과 한판을 벌이려고 온 것이다.

남궁민은 남궁세가의 무인들을 바라보았다. 익숙한 얼굴들이 꽤나 있었다. 골방에 박혀 있어야 하는 늙은이들까지 보이는 것을 보니 아무래도 할아버지가 단단히 화가 난 것 같다고 남궁민은 생각했다.

권창우는 왕씨세가를 의미심장한 눈빛으로 바라보았다. 모용세가와 제갈세가, 하북팽가의 10명은 쳐다보지도 않았다. 강태풍은 남궁민과 권창우가 두 세가를 살피는 것을 보고 다른 세가들을 살폈다. 신기하게도 서로의 세력이 다섯팀으로 나누어졌다.

강태풍은 어느 팀을 어디에 붙여야 할지 진중한 눈빛으로 살폈다. 남궁세가와 왕씨세가를 아무래도 남궁민과 상급팀, 권창우와 다섯 직원에게 붙인다면 중급, 하급, 신입팀으로 나머지 세가들을 맡아야만 했다.

강태풍은 하북팽가와 중급팀을 붙이고, 모용세가를 하급팀에 붙여야겠다고 생각했다. 머리가 가장 뛰어난 제갈세가를 변칙적인 신입팀이 맡아주면 참 좋을 것 같았다.

강태풍의 표정을 보고 있던 우주가 강태풍에게 말했다.

"정했나?"

"네. 변경을 해야 될 수도 있겠지만 시작은……."

강태풍의 작전을 들으면서 우주는 고개를 끄덕였다. 저 멀리서 우주를 본 왕치안이 UN그룹 진영으로 성큼성큼 다가오고 있었다.

"안녕하십니까?"

"먼저 와 계셨군요."

"물론이죠."

왕치안의 대답에 우주가 물었다.

"어떻게, 약속은 잊지 않으셨겠죠?"

"네. 당연하죠."

왕치안의 대답에 우주가 미리 준비해왔던 계약서를 내밀었다. 대전의 결과에 무조건적으로 승복할 수 있도록 대전 전에 미리 작성을 하려는 것이다. 왕치안은 우주가 내민 계약서에 당황하기는 했지만 절대 대전에서 질 리가 없다고 생각했다.

계약서를 꼼꼼하게 확인한 왕치안은 계약서에 흔쾌히 서명을 했다. 계약 내용은 간단하게 서로 가지고 있는 지분을 전부 내놓는다는 조건이었다.

"그럼 삼십분 후에 시작하도록 하죠."

우주의 말에 고개를 끄덕인 왕치안이 미련 없이 중국무림협회 진영으로 돌아갔다. 이제부터는 진짜 적이었다.

"삼십분 후에 시작하기로 했다. 모두 싸울 때 귀를 확실히 열어두도록. 상황이 변하면 강태풍의 지시에 따른다."

"네! 알겠습니다!!"

우주는 강태풍 근처에 서 있는 적설진을 바라보았다. 다수의 싸움에서 지휘자의 안전은 중요했다. 적설진이라면 무슨 일이 있어도 강태풍을 지킬 수 있을 것이다.

상대편 진영의 군사가 누군지는 모르지만 강태풍보다 뛰어나지는 않을 것이라고 막연하게 우주는 생각했다.

"그건 그렇고, 너무 날이 서 있는 거 아냐? 둘 다?"

우주가 양옆에 서 있는 권창우와 남궁민에게 물었다. 남궁민이 남궁세가를 견제하는 것은 그렇다 치더라도 권창우가 왕씨세가를 왜 저렇게 싫어하는 것인지는 알 수 없었다.

"아, 죄송합니다."

우주의 말을 들은 권창우와 남궁민은 자신들이 흥분을 했다는 것을 깨닫고 마음을 진정시켰다. 권창우가 왕씨세가를 싫어하는 이유는 권창우의 스승과 연관이 있었다.

권창우의 스승은 권왕이었다. 그리고 그 권왕은 망한 황보세가의 일족이었다. 권왕을 배출한 가문이지만 왕씨세가에게 오대세가의 위(位)를 빼앗겼다.

권왕으로부터 그 속사정을 들었던 권창우였기에 왕씨세가를 싫어할 수밖에 없었다. 그리고 권장을 주로 썼던 황보세가를 주먹으로 쓰러뜨렸다던 왕씨세가의 녀석들과 붙어보고 싶은 마음도 있었다.

권창우과 왕씨세가를, 남궁민이 남궁세가를 맡고 싶어하는 것을 우주가 눈치채고는 상대편 진영을 쭈욱 살폈다. 왕치안보다 강한 녀석이 있는지 확인하는 것이다.

"어라?"

우주는 처음에 잘못 봤다고 생각했다. 하지만 다시 확인해본 결과 잘못 본것이 아니었다.

"이거, 왜 왕치안이 자신만만했던 것인지 이제야 알겠군."

우주는 눈앞에 떠 있는 레벨을 믿고 싶지 않았다.

[모용진 Lv. 40]

레벨 40대의 초이스가 상대편 진영에 있었다. 언뜻 보면 젊은 무인처럼 보였다. 하지만 우주는 모용진이라는 사람이 환골탈태했다는 것을 알 수 있었다.

"권창우가 상급팀을 이끌 거고, 남궁민이 다섯 직원과 함께, 류시우가 중급팀을, 이설화가 하급팀을 맡으면… 역시 난 재네를 데리고 싸워야겠지?"

우주가 강태풍을 돌아보았다. 강태풍이 자연스럽게 초이스 신입팀을 바라보았다. 우주와 함께 이 전장에 나설 팀은 초이스 신입팀이었다. 사실 우주가 가장 애착을 가지고 가르친 애들이기도 해서 강태풍은 우주에게 초이스 신입팀을 맡겼다.

"뭐, 좋아. 근데 우리 애들은 좀 위험할 수도 있겠는데?"

"네?"

우주가 정확히 모용진을 주시하자 시선을 느낀 모용진이 우주와 시선을 마주쳤다.

"호오. 날 알아봤단 말인가?"

모용진은 우주의 눈동자에 담긴 복잡한 감정을 느끼고는 중얼거렸다. 환골탈태까지 했기에 그의 진정한 실력을 적들이 알아챌 수 없다고 생각했다. 그래서 비장의 한수라고 생각하고 있었는데 모용진은 들켰다는 사실에 왕치안을 넌지시 바라보았다.

"모르는군."

상당히 젊어 보이는 외모를 하고 있는 우주의 모습에 모용진이 고개를 갸웃거렸다.

"설마?"

혹시나 싶어서 근처에 있던 제갈가의 아이에게 우주의 나이를 물어보았다. 우주의 나이를 들은 모용세가의 숨겨진 검, 모용진은 우주가 환골탈태 했다고 확신할 수 있었다.

"허허. 서른이라."

불과 서른의 나이에 환골탈태를 했다는 우주를 보고 모용진이 턱을 쓰다듬었다. 겉으로는 젊어 보이는 모용진의 나이는 쉰이었다.

나이 오십을 먹도록 벽을 넘지 못하고 있다가 겨우겨우 벽을 넘었다. 그렇게 환골탈태를 해서 새로운 세상을 경험하고 있는데, 저 어린 것은 서른에 경지에 올랐다는 사실에 질투심이 일어났다.

"궁금하구나. 과연 어떤 무공을 익혔을지……."

모용진이 한걸음 앞으로 나섰다. 은연중에 모용진을 중심으로 뭉쳐있던 모용세가의 식솔들이 모용진의 움직임에 반응했다.

"모두 진영을 정비하거라. 쉬운 상대가 아니다."
"네. 알겠습니다!"
모용진의 말이라면 죽음도 불사를 수 있는 모용세가의 일원들을 보면서 모용진은 흐뭇한 표정을 지었다. 다시 고개를 돌려서 우주를 바라봤을 때, 모용진은 서릿발 같은 표정을 짓고 있었다.
"아무래도 왕치안의 상대는 권왕의 제자가 될 것 같군."
권왕 황보단. 중원을 통틀어서 열 손가락 안에 들 정도로 강한 사람들에게 붙는 왕(王)이라는 별호를 가진 권(拳)의 대가이다. 그에게 하사받은 무공이라면 왕치안과 손속을 겨뤄볼 정도는 될 것이다.
"결국 승자는 왕치안이 될 테지만."
그렇게 양측에서 서로를 바라보며 긴장이 고조되었고 약속한 30분이 흘렀다.
"그럼 중국무림협회 대 UN그룹, 초이스 아카데미의 대전을 시작하겠다!!"
우주의 선언과 함께 중국무림협회의 무인들과 아카데미의 초이스들이 격돌했다.

[중국무림협회와의 대전에서 승리하시오!]
—승리 조건 : 왕치안의 항복 혹은 모든 중국무림협회 무인들의 죽음

—보상 : 중국무림협회 지분 25%, 다양한 전리품
—실패시 패널티 : 죽음
수락하시겠습니까? (Y/N)

이 메시지가 뜨고 격돌한지 10분밖에 되지 않았다. 강태풍은 전황을 주시하고 있었다. 상황은 급박하게 흘러가고 있었다. 10분 간 두팀 모두가 느낀 것은 두팀 모두 쉽게 볼 수 없는 상대라는 것이다.

"와. 확실히 무인은 다르네."

오랜만에 바람을 다스리며 왕씨세가의 무인들을 상대하고 있던 신수아는 신바람이 난 상태였다. 그동안 초이스 아카데미의 조교로 있으면서 마음껏 싸워보지 못했기 때문이다.

사실 다섯 직원은 그동안 욕구불만인 상태였다. 강해지고 싶어서 초이스가 되었다. 하지만 아카데미의 조교가 되고 난 후에는 본인들의 실력이 정체되었다고 생각하고 있었다. 그래서 최근 들어서 예전에 우주와 함께 수련을 하던 시절이 그리워진 상태였다.

물론 그때보다 강해진 것은 확실했지만 본인들 스스로가 만족하지 못하고 있었다. 이하늘은 우주에게 전수받은 태극검을 조금 더 잘 쓰게 되었고, 석창호는 창을 던질 수 있게 되었다.

신수아는 바람을 다스렸고, 하태우는 도기를 피어 올릴 수 있게 되었다. 강용기는 탱커로서의 역할을 조금 더 확실히 할 수 있게 되었다.

그리고 지금이 바로 여태껏 쌓은 능력을 보여줄 순간이었다.

"재네 전부 주먹 쓰는 놈들인 건가?"

강용기가 거대한 방패로 먼저 길을 막아서자 왕씨세가의 무인들은 멀리서 주먹을 말아 쥐었다. 권창우가 그것을 보고 소리쳤다.

"강용기!"

"넵! '의리의 방패'!!"

강용기의 방패가 빛나기 시작했다. 그리고 호신강기와 비슷한 효과를 발휘하는 것처럼 일행들을 감쌌다. 그때 왕씨세가의 무인들이 주먹을 내질렀다. 그러자 주먹모양의 권풍이 다발로 강용기의 방패를 두드리기 시작했다.

"권풍 역시 바람. 다시 돌아가라!"

왕씨세가 무인들의 권풍을 신수아가 조종해서 다시 그들에게 돌려보냈다. 하지만 왕치안의 주먹질 한번에 신수아는 바람의 통제권을 잃어버렸다. 신수아가 깜짝 놀라서 왕치안을 바라보았다. 왕치안의 눈을 마주본 신수아는 순간적으로 뒷걸음질했다.

"신수아."

"네? 네!"

권창우의 부름에 신수아가 정신을 차리고 대답했다. 권창우는 눈빛에 압도당한 신수아를 보면서 생각했다.

'다섯 직원들이 아무리 용을 써봤자 왕치안을 이기지 못하면 이 싸움은 끝날 수 없다.'

권창우는 밑바닥에 숨겨놨던 파괴적인 본능을 다시 깨우기 시작했다.

"이하늘, 책임지고 애들을 지켜라. 지금부터 난 왕치안과 붙을 테니까."

이하늘이 고개를 끄덕였다. 그가 권창우에게 주로 배운 것은 남을 지키는 검이었다. 그리고 지금이 바로 배운 검으로 동료들을 지킬 때였다.

믿을 만한 수하에게 뒤를 맡긴 권창우의 전신에서 패도의 기운이 흘러넘치기 시작했다.

"호오. 권왕의 태극멸권으로 나랑 붙어보겠다는 거냐?"

왕치안이 사람 좋아보이는 미소를 지으면서 권창우에게 말했다. 어느새 왕치안의 주먹에도 붉은 기운이 일렁이기 시작했다.

"물론. 스승님의 주먹으로 당당히 이겨 보이겠습니다."

왕치안은 혀를 차면서 잠시 모용진 쪽을 돌아보았다. 솔직히 자신이 우주와 싸울 줄 알았다. 모용제일검은 숨겨둔 비장의 한수라고 생각했는데 박우주라는 놈은 모용진을 알아본 것 같았다.

"좋아. 네놈의 목을 들고 네놈의 스승을 만나게 되면 참으로 볼만하겠구나. 덤벼라."

왕치안의 도발에 권창우가 달려들면서 둘의 격돌이 시작되었다. 그렇게 권창우팀의 싸움이 시작되었을 때, 다른 팀들도 상황이 급박하게 흘러가고 있었다.

남궁민은 상급팀을 데리고 남궁세가와 대치 중이었다. 강태풍은 적설진과 따로 떨어져서 전황을 살피고 있었으니 얼추 숫자는 비슷했다. 남궁세가를 이끌고 있는 것은 원로원의 장로 남궁효였다.

"장로님께서 여기는 어쩐 일이신가요?"

"허허. 호기심에 한번 세상으로 나와봤습니다. 남궁세가의 뛰어나신 소가주께서 집을 나가서 다른 분을 모시고 있다고 하시기에 궁금해서 말이죠."

남궁민은 조심스럽게 검을 뽑아들었다. 궁금한 것이 있다면 해결해주면 된다.

남궁효가 궁금한 것은 '지금의 남궁민이 이렇게 마음대로 행동할 정도로 막강한 무력을 가지고 있는가?'였다.

현 가주보다 강해졌다는 말도 안 되는 소리를 남궁진이 지껄이기에 직접 남궁민의 실력을 확인하러 온 것이다.

"궁금하신 부분, 확인시켜드리겠습니다."

남궁민의 검에서 제왕의 검강이 푸른빛을 띠며 그 찬란

한 빛깔을 자랑했다. 상급팀은 남궁세가의 무사들이 움직이지 않고 있자 남궁민을 주시했다. 팀의 리더는 남궁민이었기 때문이다.

남궁민과 남궁효가 붙을 것 같은 분위기에 상급팀은 남궁민의 지시를 기다렸다. 그리고 그 모습을 류시우가 바라보고 있었다.

류시우는 남궁세가를 맡은 남궁민을 대단하다고 생각하면서 중급팀이 맡은 상대편 오대세가를 바라보았다. 류시우와 중급팀의 상대는 하북팽가였다.

"어이. 얼른 한판 붙자고!!"

거대한 도를 들고 도발하는 하북팽가의 대표, 팽도우를 보고 류시우는 고개를 저었다.

팽도우는 거대한 덩치를 자랑하는 녀석이었다. 오죽했으면 팽도우가 들고 있는 도가 작아 보일 지경이었으니까 말이다.

또한 다른 팽가의 무사들 역시 덩치가 좋았다. 무공 자체가 덩치를 키우는 건가 싶을 정도였다.

류시우는 정말 중급팀과 상성이 잘 맞는 상대를 만났다고 생각했다.

"팀장! 얼른 안 뛰쳐나가고 뭐하고 있습니까!! 온몸이 근질근질합니다!!"

류시우를 제외한 중급팀 전원이 팽가의 무사들처럼 덩치

가 좋고 싸움을 좋아하는 사람들이었다.

적들은 도라도 휘두르지 중급 팀원들은 맨몸격투를 더 좋아하는 사람들이기 때문에 이대로 붙으면 백전백패일 것이라고 류시우는 예상했다.

"금방 싸우게 해줄 테니까 조금만 기다리시죠?"

"넵."

그래도 류시우의 말은 잘 들어서 다행이었다. 통제가 되지 않는 싸움꾼들은 정말로 위험했다. 잠깐 팀원들을 진정시킨 류시우가 팽도우를 바라봤다.

"저희 애들이 좀 시끄럽죠? 일단 저랑 한판 붙으시죠? 저를 이길 수 있다면 다수 대 다수로 붙게 해드리겠습니다."

팽도우가 류시우의 도발에 큰 웃음을 터뜨렸다. 류시우의 체격은 뒤에서 대기 중인 중급팀보다 한참이나 왜소해 보였기 때문이다.

"그 몸으로 싸움이나 할 수 있나?"

"물론."

발바닥에 염력의 기운을 모아서 터뜨리며 폭발적인 스피드로 류시우가 순식간에 팽도우의 앞에 나타났다. 팽도우는 류시우가 엄청나게 빠르다는 것을 깨닫고 표정을 굳혔다.

"덩치가 크시니까 조금, 느리시군요."

마치 조롱하는 것 같은 류시우의 말투에 팽도우가 도를 크게 휘둘렀다. 가뿐하게 도를 피해낸 류시우가 싱긋 웃으면서 말했다.

"이제 제대로 해볼 생각이 드셨나보군요."

팽도우의 도에서 기가 일렁거리기 시작했다. 하북팽가의 패도적인 도법 중 하나인 혼원벽력도(混元霹靂刀)였다.

"그럼 먼저 붙어볼까요?"

류시우의 중얼거림과 함께 둘의 대결이 시작되었다.

"저긴 시작했네요."

"허허. 싸움을 굳이 몸으로 부딪힐 필요는 없는 것을. 쯧쯧."

"그렇다고 이렇게 장기를 두자고 하시는 것도 이상하지 않나요?"

이설화는 장기판 앞에 앉아서 제갈세가의 대표, 제갈기를 상대하고 있었다. 맘 같아서는 얼려버리고 싶었지만 강태풍의 지시로 이렇게 제갈세가가 원하는 것을 모두 들어주고 있었다.

무공은 뛰어나지 않지만 그 머리만큼은 중국 최고라고 자부하는 제갈세가였다.

그렇다고 하더라도 제갈세가에서 원하는 것을 모두 들어줄 필요는 없었다.

하지만 무려 강태풍의 지시였다. 우주의 특별지시가 있었던 만큼 강태풍의 지시는 절대적이었다.

"하아아……."

하지만 장기를 잘 두지도 못했고, 어느새 피동에 빠지고 말았다. 제갈기를 얼려버리고 싶다는 생각이 이설화의 머리를 지배하기 시작했다.

"팀장님 파이팅!"

하지만 이설화를 응원하고 있는 하급 팀원들 때문에라도 이설화는 두고 있는 장기를 포기할 수 없었다. 팀장인데 부하직원 앞에서 꼴사나운 모습을 보일 수는 없었다.

"제갈기라고 하셨죠. 제 이름은 이설화라고 해요. 당신을 쓰러뜨릴 사람이니까 기억해두세요."

"하하. 네. 기억해두겠습니다."

제갈기는 웃으면서 장기의 말 중에 차(車)를 이동시켰다.

* * *

"차하!"

확실히 레벨만큼 움직임이 좋았다. 우주는 모용진의 움직임에 당황하지 않고 기주 두병을 꺼내들었다. 술병을 무기로 쓰는 우주를 신기하게 쳐다보면서 모용진이 검을 들었다. 모용진은 섬광분운검(閃光分雲劍)으로 우주의 기량을 파악하기로 했다.

섬광이 구름을 가를 정도의 쾌검이라고 해서 섬광분운검이라고 이름 붙여진 쾌검을 모용진은 아주 가볍게 뿜어댔다.

내공의 운용도 어찌나 자연스러운지 검을 찌를 때만 검강을 뿜어내는 것을 보고 우주는 감탄했다. 기에 내공을 잔뜩 집어넣어서 모용진의 검을 막아낸 우주는 어떤 방법으로 모용진을 상대할지 고민하기 시작했다.

"알코올 포이즌."

순간적으로 무공만으로 모용진을 상대하고 싶다고 생각이 들었던 우주는 피식 웃으며 들고 있던 기주 하나를 모용진에게 던졌다. 물론 안에 든 술을 독으로 바꾼 상태였다.

당연히 술이라고 생각한 모용진은 검으로 술병을 베어버렸다. 그러자 술병에서 술이 튀어나왔다.

"응?"

독기를 가득 풍기는 술 냄새에 모용진이 급히 숨을 멈추고 거리를 벌렸다. 설마 술병 안에 든것이 독일 줄은 생각도 못했기 때문이다.

우주는 기회를 놓치지 않았다. 모용진이 거리를 벌리는 것을 쫓아가서 검을 휘둘렀다. 검에는 뇌전의 기운이 담겨져 있었다. 우주의 검을 막기 위해서 검을 휘두른 모용진은 검을 따라서 타고 오르는 뇌전에 검을 놓칠 뻔했다.

"무슨!!"

듣도 보도 못한 무공들이었다. 물론 무공만으로 싸우라는 법은 없었지만 적어도 그리핀과 싸울 때 보여주었던 무공들 정도는 사용할 줄 알았다. 하지만 우주는 영상에서 나왔던 무공들을 일체 사용하지 않았다.

전 세계에 영상이 너무 많이 퍼졌다. 분명 영상을 연구해서 약점을 잡아내려고 하는 사람들이 있을 것 같았다.

그래서 우주는 최대한 무공을 사용하지 않아야겠다고 생각하고 있었는데, 모용진의 무공을 보자 저도 모르게 호승심이 일었던 것이다.

지금까지 얻은 스킬들을 모두 쏟아 부어도 모자랄 판에 무공만으로 모용진을 상대하고 싶어 하다니. 머리가 어떻게 된것이 아닌가 생각하면서 우주는 모용진을 향해서 검을 내리찍었다.

"'윈드 오브 썬더'!!"

술 마시고
스텝업

승자

한줄기의 번개가 떨어지는 것이 기폭제가 되었다.

떨어지는 번개가 우주의 스킬이라는 것을 알고 있는 류시우가 빨리 승부를 짓고 우주를 도와주어야겠다는 생각을 했다.

팽도우의 혼원벽력도는 강력했다. 염력을 가지고 있지 않았다면 속수무책으로 당했을 지도 모른다.

무공이 강한 만큼 팽도우의 레벨도 높은 편이었다. 무인들은 초이스가 되더라도 특별한 능력이 갑자기 생기지 않았다.

왜 그런지는 모르겠지만 제일 가능성이 높은 가설은 무

공이 바로 초이스의 능력이 되는 것 같았다.

류시우는 몰랐지만 팽도우의 레벨은 25였다. 동 레벨이었다. 류시우가 처음 초이스로 처음 각성했을 때만 해도 17이었던 레벨이 지금은 25까지 올라 있었다.

류시우는 몰랐지만 류시우가 능력만 잘 활용한다면 팽도우쯤은 금방 쓰러뜨릴 수 있었다. 그렇지만 아직까지 류시우는 자신감을 가질 수 없었다. 주변에 강한 사람들이 가득하니 본인이 얼마나 센지 모르고 있는 것이다.

그렇게 류시우와 팽도우가 맞붙은 사이, 중급팀과 팽가의 무사들이 부딪쳤다. 팽팽했다. 중급팀 초이스 역시 괄괄한 입담을 자랑하는 사람들로 구성되어 있었다. 그리고 입담만큼 중급팀의 실력도 출중했다.

"워매. 너희도 근육이 딴딴하구마잉."

"남자라면!! 이 정도 근육은 가지고 있어야지!"

"우오오오."

대결구도가 싸움에서 점점 이상한 장르로 변하고 있는 것 같았다. 류시우는 중급팀이 쉽게 쓰러질 것 같은 기미가 보이지 않자 더욱 더 팽도우와의 싸움에 집중할 수 있게 되었다. 팽도우가 도를 휘두를 때마다 천둥치는 소리가 들려왔다.

류시우는 염력을 이용해서 팽도우의 도를 막아내고만 있었다. 어떻게 하면 승기를 잡을 수 있을지 고민하던 류시

우는 염력의 본질에 대해서 생각하기 시작했다.

팽도우의 도가 혼원의 힘을 이용해 벽력을 발휘하는 도법이라면, 류시우의 염력은 류시우의 정신력으로 물질계에 영향을 미치는 기술이었다.

이 말은 류시우가 마음만 먹으면 무슨 일이든지 할 수 있다는 걸 의미했다.

팽도우는 점점 더 류시우의 기운이 강해지는 것을 느꼈다. 더 이상 가만히 놔두면 좋지 못한 일이 벌어질 것 같은 예감이 들었다.

팽도우는 슬슬 마무리를 지어야겠다고 생각하며 도에 내공을 폭발적으로 넣었다.

콰르릉!!

천둥치는 소리가 더욱 더 커지기 시작했다. 류시우 또한 팽도우가 승부를 가를 초식을 사용하려고 한다는 것을 깨닫고 정신을 한군데에 집중했다.

"팽가는 이런 곳에서 쓰러지지 않는다!! 혼원벽력도 오의, 벽력난무(霹靂亂舞)."

여기저기서 천둥치는 소리가 울려퍼졌다. 천둥이 칠 때마다 류시우는 피를 토할 것 같은 기분을 느꼈지만 애써 무시하고 정신을 집중했다.

류시우의 눈에서 피가 흐르기 시작했다.

"이, 이런……."

팽가에서 하사받은 도가 종이처럼 구겨지고 있었다. 팽도우는 망연자실한 눈빛으로 류시우를 바라보았다. 류시우의 안색도 그렇게 좋은 것 같지는 않았지만 완패였다. 팽가의 무사가 도를 잃었다는 것은 치욕이었다.

"제, 제가 겨우 이긴 것 같네요. 하하."

류시우는 팽도우의 구겨진 도를 들어서 한창 싸우고 있는 팽가의 무사들에게 던졌다.

"패, 팽도우님!!"

"팀장이 이겼다! 돌격!!"

"와아아아!"

역시 다인전은 기세가 승패를 좌우하는 것 같다고 생각하면서 류시우는 가물가물해지는 정신을 붙잡으려고 노력했다.

"장기를 제법 두는군?"

제갈기는 이설화의 공세에 마를 먹혔다. 그리고 이설화가 제갈기에게서 마를 따내었을 때, 류시우가 팽도우를 이기고, 중급팀이 팽가의 무사들을 모두 제압했다.

"다음은……."

이설화가 포(包)를 움직였다. 남궁민은 검에 제왕무적검강을 두른 채 남궁효에게 다가서고 있었다.

"아무리 제왕검형을 익혔다고 하더라도 그렇게 제왕무적검강을 낭비하는 꼴이라니. 소가주께서 어떻게 가주님

을 이기셨는지 알다가도 모르겠군요."

남궁효가 천풍신법(天風身法)을 펼치면서 남궁민에게 검을 휘둘렀다. 아무것도 맺혀 있지 않던 그의 검은 공격할 때만 검강이 번뜩였다.

남궁효의 검을 제왕무적검강으로 막아낸 남궁민이 어느새 주변을 빠르게 움직이고 있는 남궁효를 눈으로 쫓으면서 말했다.

"장로님께선 천풍신법을 활용해서 싸우는 것을 정말 좋아하셨죠. 마치 아웃복서처럼 말이죠."

남궁효의 특기는 신법이었다. 그의 신법은 치고 빠지기의 달인이라고 불릴 정도로 뛰어났다.

저 발을 묶어놓지 못한다면 남궁민이 어떠한 무공을 펼치든 다 피하고 말 것이다.

남궁민은 우주라면 어떻게 남궁효를 무릎 꿇렸을지 생각해보았다.

'회장님이라면…….'

'우주였다면 분명 어떻게 싸웠을 것이다'라는 것이 머릿속에 떠올랐다. 남궁민은 한치의 의심도 없이 남궁효를 향해서 천풍신법을 발휘했다.

"이에는 이, 신법에는 신법!"

그리고 속도에는 속도로 승부를 봤을 거라고 남궁민은 예상했다. 남궁민은 검을 뽑아서 섬전삼십검뢰를 펼쳤다.

남궁효를 향해서 빛과 같은 속도로 검을 찔러갔다.

남궁효는 설마 속도 대 속도로 승부를 볼 줄은 몰랐기에 살짝 당황해서 몸을 뒤로 뺐다.

"기회!"

속도와 속도의 싸움에서 몸을 뒤로 빼는 것은 치명적인 실수였다.

남궁민은 남궁효의 실수를 봐주지 않고 제왕무적검강을 두른 상태로 섬전삼십검뢰를 펼쳤다.

한점을 노리고 파고 들어간 찌르기는 남궁효의 어깻죽지를 스쳤다.

그 와중에 남궁효가 몸을 틀어서 치명상을 피한 것이다. 어깻죽지에서 피가 흐르기 시작하자 남궁효는 남궁민을 인정했다.

남궁효는 어깻죽지에서 흘러내리는 피를 지혈할 생각도 하지 않고 검에 내공을 불어넣기 시작했다.

"장로님?"

살기가 느껴졌다. 남궁민은 살기를 느끼자마자 표정을 굳히고 남궁효를 바라보았다. 상처 입은 맹수는 흉포했다.

남궁민은 우주와 담소를 나누었던 것을 회상하며 남궁효가 들고 있는 검에서 느껴지는 기운을 받아들이기로 했다.

"소가주, 죽어주셔야겠습니다."

그렇게 중얼거린 남궁효가 검에 내공을 한꺼번에 잔뜩 불어넣었다.

"고혼일검(孤魂一劍)."

한번 검을 휘둘러서 적을 쓸쓸한 고혼으로 만들어버린다는 고혼일검이 남궁효의 손에서 다시 세상에 등장했다.

"그럴 줄 알았습니다. 장로님은 예전부터 지는 것을 죽도록 싫어했으니까요."

그래서 이번 비무는 남궁민이 이겼다고 확신했다. 고혼일검을 효율적으로 막을 수 있는 검법이 남궁세가에 남아 있었다.

"창궁무애검법(蒼穹無涯劍法) 오의, 창궁은 무한하다. 창궁무한(蒼穹無限)."

남궁민의 목을 찔러오는 고혼일검을 창궁무한이 감싸버렸다. 무한한 검의 향연에 남궁효가 검을 떨어뜨렸다.

때마침 이설화가 제갈기의 포(包)를 잡았고, 포를 잡힌 제갈기의 표정이 변하기 시작했다.

남궁민은 남궁효를 쓰러뜨리고 눈치를 보는 남궁세가의 식솔들을 향해 소리쳤다.

"당장 항복해라!"

남궁효가 쓰러지자 남은 남궁세가의 식솔들은 소가주의 명에 따랐다. 장내가 정리되자 남궁민과 상급팀은 권창우와 왕씨세가의 싸움을 지켜보기 시작했다.

"수세에 몰렸으니 이젠 내가 반격할 차례지."

마(馬)까지 떼인 제갈기가 이설화를 보면서 차(車)를 움직였다. 그러자 왕치안이 엄청난 속도로 움직여서 권창우의 얼굴에 주먹을 박아 넣었다.

"커헉."

권창우가 주먹을 얻어맞고 날아가는 것을 보고 왕치안이 이죽거렸다.

"태극멸권으로는 날 상대할 수 없다니까?"

당랑권(螳螂拳). 왕씨세가의 독문권법이었다. 그리고 권창우가 권왕으로부터 수십, 수백번이나 들어왔던 권법이었다. 날아가던 권창우가 몸을 바로 세우고는 제운종을 발휘하여 다시 왕치안 앞에 따라붙었다.

"태극일멸(太極一滅)."

강력한 멸의 기운을 담은 주먹이 왕치안에게 뻗어갔다. 하지만 왕치안이 보기에 권창우의… 아니, 권왕의 무공은 정말로 치명적인 단점이 있었다.

"느려."

당랑권은 근접 전투에 특화된 초고속 권법이었다. 태극일멸에 담긴 힘을 몇 번의 주먹질로 쳐낸 왕치안이 권창우의 주먹을 쳐내고 권창우의 가슴팍을 열었다.

그리고 가슴이 열리자 왕치안이 당랑권을 다시 가슴을 향해 뻗었다. 이번엔 꽤 위험했다. 권창우는 주먹을 쳐내

는 왕치안의 당랑권을 두눈으로 똑똑히 보았다.
주먹을 쳐낼 때까지 가만히 있었던 이유는 당랑권의 빠르기를 인지하기 위해서였다.
이제 충분히 속도에 눈이 익숙해졌을 것이다. 그렇게 생각한 권창우가 가슴에 호신강기를 둘렀다.
곧 타격음이 들려왔고 권창우가 가슴을 얻어맞고 반대편으로 날아갔다.
"호신강기?"
생각보다 타격감이 좋지 않았다. 왕치안은 당랑권을 맞고도 멀쩡하게 일어나는 권창우를 의아하게 바라봤다.
"방금이 마지막 기회였는데, 좀 세게 치지 그랬어?"
권창우가 일어나서 주먹을 풀기 시작했다. 녀석의 말이 이해되지 않았다. 지금까지 녀석은 맞기만 했으니까 말이다.
'맞기만 했다?'
왕치안은 그러고 보니 권왕의 제자가 너무 무력한 것 같다고 생각했다.
"스승님이 대단하다고 그렇게 칭찬을 하셔서 몇 대 맞아봤는데 그렇게 대단한 것도 아니네."
"뭐라고?"
"태극멸권이 훨씬 뛰어나다는 것을 보여주지."
권창우의 전신에서 파괴적인 기운이 넘실거리기 시작했

다. 방금 전과는 180도 달라진 모습에 왕치안이 권창우를 바라봤다.

권창우가 씨익 웃었다. 그리고 왕치안의 시야에서 권창우가 사라졌다.

"느리다면서?"

어느새 왕치안의 우측에 나타난 권창우가 주먹을 내질렀다.

왕치안의 고개가 획하고 돌아갔다. 하지만 아프지 않았다.

"……?"

"쫄았냐?"

권창우의 말에 왕치안의 얼굴이 붉어졌다. 권창우가 일부러 약하게 때린 것이다. 왕치안은 주먹을 뻗었다. 권창우는 가볍게 왕치안의 당랑권을 피했다.

'당랑권의 속도에 맞춰서 피했어?'

권창우의 양손에 태극이 형성되기 시작되었다. 음과 양이 하나로 합쳐져서 강력한 기운을 형성시켰다.

왕치안은 점점 더 기운을 불려나가는 권창우의 태극을 보고 권왕을 떠올렸다.

왕치안의 아버지인 왕권이 권왕과 붙었을 때, 권왕 황보단과 왕치안은 단 한번 만난 적이 있었다. 그때의 기억은 왕치안에게 잊을 수 없는 기억이었다. 그리고 바로 지금,

권왕의 모습을 권창우에게서 보고 있었다.
화르륵.
“불?”
태극과 함께 권창우는 지니고 있던 ‘발화’ 능력까지 개방했다. 더 이상 장난은 치지 않겠다는 의미였다. 왕치안도 이 한번의 공격에 승부가 갈릴 것이라 예상하고 당랑권의 절초를 준비했다.
“태극혼(太極混).”
권창우가 먼저 양손에 모았던 태극을 주먹으로 발출했다. 태극이 활활 타오르고 있었다.
왕치안은 엄청난 거력이 다가오는 것을 느끼고 두손에 잔뜩 기를 주입했다. 최선은 방어보다 공격이었다. 다가오는 거력을 향해 왕치안이 주먹을 뻗었다.
당랑권의 절초인 당랑오권이었다.
다섯가지의 연계동작이 당랑권의 힘을 중첩시켜서 거력을 때려나갔다. 불타는 태극은 쉽사리 없어지지 않고 계속해서 왕치안의 숨통을 조여 왔다.
왕씨세가의 일족들은 왕치안이 위험한 것을 보고 왕치안을 구하기 위해서 나서려다가 다섯 직원에게 제지당하고 말았다.
“어딜 가시려고!”
“젠장.”

처음에는 왕치안이 태극을 밀어내는가 싶었다. 하지만 점점 아무리 주먹을 많이 때려 박아도 태극이 소멸하지 않는다는 것을 깨달았다.

결국 태극에 삼켜질 것 같은 기분에 왕치안은 수치스러웠지만 도망을 선택했다.

하지만 도망칠 수 없었다. 어느새 다가온 태극이 왕치안을 삼켜버렸기 때문이다.

"크아악!!"

태극에 갇히게 된 왕치안은 극한의 고통을 맛보기 시작했다. 음과 양의 기운이 하나가 되어 있는 태극 속은 그야말로 혼돈이었다.

왕치안의 비명소리가 들림과 동시에 왕씨세가의 무사들과 왕시운이 움직였다. 그들은 왕치안을 구하기 위해서 태극 쪽으로 다가갔다.

다섯 직원이 그들을 제지하려고 했으나 권창우가 손을 들어서 말렸다.

이미 승부가 났기 때문이다.

권창우는 왕치안에게서 시선을 돌리고 제갈기와 이설화를 바라보았다.

"와, 대박. 이제 차, 포 떼시고 싸워야겠는데요?"

이설화가 제갈기를 바라보면서 씨익 웃었다. 제갈기의 표정이 심각하게 변했다. 이 장기판은 이곳의 대결구도를 그대로 나타낸 것이다.

오대세가 중 이제 남은 것은 모용세가와 제갈세가밖에 없었다.

제갈기는 모용진 혼자서 이 난관을 타개할 수 있을지에 대해서 생각했다.

'무리다.'

아직 졸과 상 그리고 마가 남았지만 상대는 차와 포까지 있는 상황. 이 장기판을 뒤집을 수 있는 확률은 희박했다.

제갈기가 모용진을 돌아보았다.

떨어지는 번개를 모용진이 검으로 막아내는 모습을 볼 수 있었다.

제갈기는 다시 이설화를 바라보며 말했다.

"물론, 아직 전 지지 않았습니다."

장기라는 게임은 결국 누가 먼저 왕을 외통수로 몰아넣느냐에 따라 승패가 정해지는 게임이었다. 만약 모용진이 우주를 쓰러뜨린다면 다시 승산이 생기는 것이다.

"계속하죠."

* * *

하늘에서 내려친 번개를 검강으로 막아내는 모용진을 보면서 우주는 마그마 쇠사슬을 꺼내들었다. 트윈헤드 오우거를 순식간에 쓰러뜨렸던 '마그마 속으로'를 모용진에게 쓸 생각이었다. 인간에게 쓸 엄두가 나지 않는 스킬이긴 했지만 어쩔 수 없었다.

"번개에 이어서 이번에는 쇠사슬인가?"

"그렇게 쉽게 생각하면 큰코다칠 겁니다."

모용진은 시종일관 여유로운 표정이었다. 섬광분운검만으로도 충분히 우주를 상대할 수 있었다. 그의 성명절기인 건곤파섬검(乾坤破睒劍)은 아직 꺼내들지도 않았기 때문이다.

우주는 중국무림협회의 무인들이 무공을 중요시한 나머지 초이스로서의 능력을 무시하고 있다고 생각했다.

이곳에서 싸우는 어느 누구도 스킬을 사용하지 않았다. 녀석들이 스킬에 대해서 방심하고 있을 때가 기회였다.

우주도 아직 모든 것을 보여주고 있는 것은 아니었다. 위기 상황이 오면 쓸 비장의 카드도 하나 있었기에 우주는 여유를 가지고 스스로의 기량을 시험해보고 있었다.

레벨 40의 초이스라면 우주가 가지고 있는 기량을 모두 보여주더라도 쉽게 죽지는 않을 것이라고 생각했다. 우주는 마그마 쇠사슬을 돌리기 시작했다.

"쇠사슬의 단점은."

우주가 쇠사슬을 돌리기 시작하자 모용진이 우주에게 달려들었다.

모용세가의 신법인 일엽락(一葉落)이었다. 하나의 낙엽이 떨어지는 것처럼 소리조차 나지 않게 다가온 모용진이 검을 휘둘렀다. 그의 주특기인 쾌검이었다.

"근거리에 불리하다는 것이지."

모용진의 검이 우주를 꿰뚫기 직전에 우주가 제운종으로 몸을 뒤로 뺐다. 신법이라면 지지 않을 자신이 있었다. 모용진의 말이 맞았다. 사실 쇠사슬은 다루기 어려운 병기였다. 물론 일반적인 병기였을 경우의 이야기이다.

"스킬 '마그마 속으로' 시전."

모용진을 휘감고 썼다면 더할 나위 없이 완벽했겠지만 지금은 녀석의 움직임을 방해하는 정도로 만족해야 할 것 같았다. 마그마 쇠사슬이 달아오르면서 쇠사슬이 닿은 부분에 마그마가 흐르기 시작했다.

모용진은 쇠사슬이 붉게 달아오르는 것을 보고 다시 움직였다. 우주가 무언가를 시도하기 전에 미리 손을 쓸 생각이었다.

우주는 모용진이 다시 공격해올 것이라 예상하고 쇠사슬을 마구잡이로 휘둘렀다. 쇠사슬이 휘둘러질 때마다 마그마가 공기마저 녹일 기세로 주위에 퍼져나가기 시작했다.

모용진은 우주가 휘두르는 쇠사슬을 교묘히 피해서 우주의 앞까지 도착할 수 있었다. 이제는 본격적으로 해야겠다는 생각에 건곤파섬검을 사용하려던 때였다.

모용진은 우주의 눈이 정확히 자신을 향하고 있는 것을 보고 섬뜩함을 느꼈다. 우주의 손에는 어느새 기주가 들려 있었다.

술병 안에 든것이 독일 것이라는 생각에 모용진은 뒤로 몸을 피하려 했다. 모용진의 예상대로 우주는 기주를 독으로 바꿔서 모용진이 있던 장소에 던졌다. 그리고 마그마 쇠사슬의 스킬을 취소하고 다시 인벤토리에 집어넣은 우주가 기주를 따서 꿀꺽꿀꺽 마셨다.

[알코올을 섭취했습니다. 스텟 포인트가 1포인트 증가합니다.]

몸에 활력이 돌기 시작했다. 기주를 피해서 공중으로 몸을 띄운 모용진을 향해 피식 웃어준 우주가 중얼거렸다.

"스킬 '알코올 분신술' 시전."

[스킬 '알코올 분신술'이 시전됩니다. 분신을 몇 명 만드시겠습니까?]

"100명."

우주의 정신력은 6000을 찍고 있었다. '알코올 분신술'은 가지고 있는 정신력만큼의 분신을 소환할 수 있었다. 1

인이 분당 10씩 정신력이 소모된다고 가정했을 때, 100명의 분신을 사용할 수 있는 시간은 6분이었다. 정신력이 0이 되면 기절이었으니 최대 5분이 한계였다.

[100명의 분신을 소환합니다.]

우주가 100명이 되었다. 속전속결로 승부를 내려고 마음먹은 우주가 하늘을 향해 손을 뻗었다.

"'윈드 오브 썬더'(x 100)!!"

정신력이 500이나 떨어졌지만 우주는 이 공격으로 모용진을 끝낼 수 있을 것이라고 믿었다.

"끝이다!"

사방에서 번개가 떨어져 내렸다. 그리고 번개들은 모두 모용진을 향해서 집중 포화되었다.

"건곤파섬검(乾坤破閃劍) 건곤섬광(乾坤閃光)!"

모용진은 떨어지는 번개들을 향해서 연속적으로 섬광을 쏘아내었다. 극쾌의 묘리가 담긴 섬광은 번개조차 막아내었다. 100줄기의 번개가 내려치고 나자 주위는 초토화되었다.

"어떡하냐. 난 아직 멀쩡한걸?"

모용진은 분신이 전부 사라지고 혼자 남은 우주를 똑바로 쳐다보면서 말했다. 말은 멀쩡하다고 했지만 어깨를 들썩이는 것을 보니 꽤나 지친 것 같았다.

우주는 '윈드 오브 썬더'를 막아낸 모용진을 보면서 기주를 한병 쭈욱 들이켰다.

[스킬 '알코올 체인지'의 효과로 '기주'의 농도만큼 정신력이 회복됩니다.]

[정신력 : 2550/6000]

혹시나 모용진이 무사했을 경우를 대비해서 분신술을 해제해버린 우주는 이제 마지막 수단을 꺼내야겠다고 생각했다.

"이게 네 전부라면, 넌 여기서 끝이다."

모용진은 우주가 이런 상황에서 술이나 마시고 있는 것을 보고 눈살을 찌푸렸다. 모용진은 번개를 막으면서 들끓는 내력을 진정시키기 위해 건공무적공을 운용하고 있었다.

내력이 안정되는 즉시 모용진은 이 승부의 종지부를 찍어야겠다고 생각했다.

"길고 짧은 것은 대봐야 알지 않겠습니까?"

"물론!"

모용진이 움직였다. 모용세가 최고의 검법, 건곤백절검(乾坤百絕劍)이 모용진의 손에서 펼쳐졌다. 우주는 다가

오는 백개의 검강들을 보면서 소리쳤다.
"스킬, '천년의 아침' 시전!"

['천년의 아침'이 시전됩니다. 주위에 퍼져 있는 자연의 기운들이 일시적으로 동결됩니다. 천년동안 모아두었던 기운을 방출하시겠습니까?(Y/N)]

"출(出)!"

빛이 번뜩였다. 천년의 기운은 설명할 수 없을 정도로 순식간에 스쳐지나갔다.

우주를 향해 다가오던 백개의 검강들도 일순간에 사라져 버렸다. 그리고 검강을 발출했던 모용진마저도 빛과 함께 사라져버렸다.

마치 처음부터 아무것도 없었던 것처럼 말이다. 우주는 어금니를 꽉 깨물었다.

결과적으로는 우주의 승리였다. 하지만 본연의 실력으로 이긴 것 같지 않아서 뒤끝이 씁쓸했다.

"모, 모용진님."

"어디로 사라지신 것이지?"

빛이 번쩍인 후에 모용진이 갑자기 증발해버리자 뒤늦게 모용세가의 무사들이 모용진을 찾았다.

하지만 어디에도 모용진은 없었다.

"허허. 이럴 수가."

제갈기는 재가 되어버린 장군을 보면서 허탈한 웃음을 지었다.

패배였다. 그냥 패배도 아닌 아주 쓰라린 패배였다. 이설화는 왜 갑자기 제갈기의 장군이 재가 되어버린 것인지 몰랐지만 이겼다는 것 정도는 알 수 있었다.

"제가 이겼네요."

"그래. 그리고 우리가 졌지."

제갈기는 오대세가가 괴멸한 것을 보고 신음을 흘렸다. 이대로 돌아가도 문제였다.

구파일방에 비해 오대세가가 약해지는 것은 이제 너무나도 당연한 수순이었다.

모용진이 죽었고, 중국무림협회에 가장 강력한 영향력을 끼치는 왕치안이 사경을 헤매고 있었다.

거기다 왕치안과 우주의 계약으로 인해서 중국무림협회의 지분 대부분이 UN그룹으로 넘어가게 생겼다.

그래도 돌아가야만 한다는 현실이 너무 참담했다. 패자는 말이 없는 법이라고 했다.

모용진이 사라진 자리를 멍하니 바라보고 있던 우주에게 다가간 제갈기가 고개를 숙였다.

"저희가 졌습니다."

[전투불능이 된 왕치안 대신 제갈세가의 대표, 제갈기가 항복했습니다.]
[중국무림협회와의 대전에서 승리했습니다. 중국무림협회의 지분을 양도받게 될 예정입니다. 각 세가로부터 다양한 전리품을 인수받습니다.]
[레벨이 올랐습니다! 칭호 '천년무인'을 획득합니다.]

[천년무인]
—천년동안 모은 기운을 사용한 적이 있는 무인. 칭호 장착시 죽을 위기에 처했을 경우, 천년의 기운이 단 한번 도움을 줄 것이다. 도움을 주었을 경우 칭호 삭제.

우주는 상념에 빠져 있다가 제갈기의 목소리를 듣고 정신을 차렸다.
다시 한번 이겼다는 것을 깨달은 우주는 오른손을 들고 소리쳤다.
"중국무림협회와의 대전에서 UN그룹이 이겼음을 선언한다!"
"와아아아!!"
UN그룹의 초이스들이 함성을 질렀다. 고개를 돌려 왕치안의 상태를 확인한 우주가 제갈기를 바라보면서 얘기했다.

"너희는 돌려보내주겠다. 대신 계약을 충실히 이행해야 할 것이다. 만약 계약을 이행하지 않는다면, 이번엔 오대세가가 아니라 구파일방 역시 같은 꼴로 만들어주겠다고 전해라."

"…알겠습니다."

제갈기는 더 이상 중국무림협회에서 오대세가가 아무런 힘도 쓰지 못할 것이라고 이야기하고 싶었다.

하지만 핑계이자 변명일 것 같아서 입을 다물었다. 판단은 구파일방의 몫이었다.

"한가지 더. 만약 구파일방과 오대세가의 알력싸움으로 중국무림협회에서 계약을 이행하지 않는다면 그 후의 판단은 제갈세가에게 맡기도록 하겠다."

우주가 덧붙인 말을 이해하지 못한 제갈기가 고개를 들어서 우주를 바라보았다. 우주는 제갈기의 표정을 보고 말했다.

"UN그룹 산하로 들어올 기회를 주겠다는 말이다."

"……!!!"

"돌아가도록."

우주가 등을 돌렸다. 제갈기는 머릿속으로 많은 생각을 하는 듯했지만 우주는 일체 신경 쓰지 않았다. 지금 중요한 것은 그런 것이 아니었다.

"우리도 돌아간다!"

"네. 회장님!"

우주는 UN그룹에 돌아가는 대로 스킬들을 정리할 생각이었다. 스킬들을 정리하고 조금 더 본연의 힘을 길러야만 했다.

승자가 되긴 했지만 스스로가 만족하지 못한 승리였다.

술 마시고
스텝업

박아영

중국무림협회가 뒤집어졌다. 모용제일검, 모용세가의 모용진이 시체도 남기지 못한 채 죽었다. 부회장인 왕치안 역시 깨어나지 못하고 있으며, 제갈기의 말로는 지분 계약까지 맺어서 꼼짝없이 중국무림협회의 지분 25%를 UN그룹에 넘겨야 될 판이었다.

남궁벽은 남궁세가의 식솔들을 통해서 상황을 전해 들었다. 남궁민, 권창우, 우주에 대해서 전해들은 남궁벽의 얼굴이 굳어졌다. 협회장의 권력을 발휘할 수 있었던 것도 모두 오대세가의 뒷받침이 있었기에 가능한 일이었다. 기반을 다졌던 오대세가가 휘청거린다면 남궁벽의 입지 역시 휘청거릴 수밖에 없었다.

이번 사건을 계기로 분명 구파일방이 나설 것이었다. 그렇게 되면 협회장 직에서 물러나야 할 수도 있다. 가지고 있는 지분도 50%를 넘지 못했다. 왕치안과 합해야 50%를 넘었는데, 왕치안의 지분이 UN그룹으로 넘어가면서 구파일방에게 기회를 준 것이나 마찬가지가 되었다.

남궁벽은 어금니를 꽉 깨물었다. 미꾸라지 한마리가 강물을 흐린다더니 딱 그 꼴이었다. UN그룹의 박우주라는 놈 때문에 공든 탑이 무너져 내리고 있었다.

과거를 되돌릴 수는 없었다. 이렇게 된 이상 남궁민이 선택할 수 있는 선택지는 두가지였다. 구파일방에 중국무림협회의 회장 자리를 넘기는 것과 박우주에게서 왕치안의 지분 25%를 빼어오는 수밖에 없었다.

"모용진이 시체조차 남기지 못했다면……."

정당한 방법으로는 승리를 확신할 수 없었다. 남궁벽은 오래전에 써먹었던 녀석들을 다시 불러야겠다고 생각했다. 세상이 바뀐 만큼 그들은 더욱 활발히 활동을 하고 있을 것이 분명했다.

남궁벽이 어둠이 내려앉는 창밖을 바라보며 눈을 감았다.

* * *

훅. 훅.

아침이슬이 잎사귀에 내려앉은 서늘한 새벽녘에 후드를 뒤집어 쓴 한 남자가 동네를 달리고 있었다. 서서히 동이 트기 시작하는 것을 본 남자는 천천히 달리는 속도를 줄였다.

"오늘도 운동 끝!!"

후드를 벗어젖히며 기운차게 소리친 지예천이 스트레칭으로 몸을 풀기 시작했다. 이제 씻고 아영을 학교로 데려다 주어야만 했다.

지예천은 우주의 가족이 살고 있는 집의 옆집에서 살고 있었다. 나름 회사에서 내어준 사택이었다. 같은 집에서 지내는 것이 경호하기에는 최적의 조건이었지만 일단은 그래도 일단은 운전기사 신분이었기에 옆집에서 거주하기로 한 것이다.

운동을 마친 지예천은 집으로 들어가서 샤워를 했다. 그런 다음 말끔해 보이는 정장차림으로 UN그룹 소유의 차를 끌고 아영이 나오기를 기다렸다.

깨똑.

[미안, 미안. 금방 나갈게!!]

휴대폰에 메시지가 온것을 본 지예천이 미소지었다. 오늘도 지각을 면하려면 과속을 해야 할 것 같았다.

[괜찮아. 천천히 나와.]

아영을 기다리는 이 시간이 지예천은 즐거웠다. 곧 집을 나와서 차로 뛰어오는 아영이 보였다.
"굿모닝!"
아영이 문을 열고 차에 탔다. 물기가 찰랑이는 머리칼을 보고 지예천이 손을 들었다.
"응?"
손을 든 지예천이 자연스럽게 아영의 머리칼을 쓰다듬자 아영의 머리카락이 뽀송뽀송하게 말라갔다. 손바닥에서 기를 뿜어내서 그 열기로 머리카락을 말린 것이다.
"이럴 때 보면 초이스는 역시 좋다니까."
아영이 배시시 웃으면서 출발을 외치자 지예천이 액셀을 밟았다. 초이스가 무조건 좋은 것만은 아니라고 이야기해 주고 싶었지만 지예천은 웃고만 있었다. 아영도 언젠가는 이해할 날이 올 것이다.
물론 초이스의 삶에 대해서 아영이 알지 못하는 것이 더 좋았다. 아영이 초이스의 삶에 대해서 깨달았다는 것은 곧 세상이 더욱 나빠졌다는 뜻일 테니까 말이다.

"자. 도착. 무슨 일이 생기면 바로 연락해."

"걱정 마셔! 오빠가 우리 집 운전기사로 고용되고 나서 아무 일도 없었잖아?"

평온한 일상이 유지되고 있으면 더 긴장해야 한다. 지예천은 그렇게 배웠다. 하지만 아영에게 내색하지는 않았다.

"알겠어. 학교 수업 잘 듣고!!"

"내 걱정은 말고 엄마랑 아빠 잘 부탁해!!"

차에서 내려서 학교로 들어가는 아영을 배웅해준 지예천이 UN그룹으로 향했다. 무언가 불안했다. 최소 세명의 지원이 더 필요할 것 같았다. 그것도 아주 은밀한 놈들로 말이다.

어차피 UN그룹으로 출근하는 박준우에게 인사를 드리러 가야 했다. UN그룹에 도착한 지예천은 먼저 박준우가 일하고 있는 곳으로 향했다.

똑똑똑—

"들어오시게."

"오. 왔나?"

박준우는 보고 있던 서류를 내려놓고 지예천을 맞이했다.

"허허. 정말 하루도 빠짐없구만?"

"물론이죠."

"내 걱정은 말게나. 그래도 초이스가 바글바글한 UN그룹이라는 울타리 안에서 대부분의 시간을 보내니까 말이야."

지예천이 하루도 빠짐없이 찾아오는 이유를 박준우는 알고 있었다. 아들이 거물이 되었으니까 그 부모가 위험해지는 것은 당연했다. 박준우의 말대로 UN그룹 내부까지 적이 잠입하기는 힘들 것이라고 지예천도 생각했다.

"네. 알겠습니다. 그나저나 많이 익숙해지셨나보네요?"

박준우의 책상위에는 회계팀 박준우 부장이라고 적힌 명패가 놓여 있었다. 주진욱이 초이스 관리시스템 쪽으로 배치를 받아서 회계팀을 박준우가 인계받았다. 박준우가 원래 해오던 일과 다행히 일맥상통한 부분이 많아서 일은 어렵지 않은 편이었다.

"뭐, 전에 하던 일이랑 다르게 별로 없어서 다행이지. 자네도 고생이 많네."

"아닙니다."

지예천은 박준우와 화기애애한 담소를 나누고 난 후에 회장실로 향했다. 그리고 회장실 방문 앞에서 지예천은 권창우를 만날 수 있었다.

"오랜만이군."

"그동안 별일 없었나?"

권창우가 지예천을 보고 먼저 인사를 건네자 지예천이

권창우에게 물었다. 뉴스를 통해서 접하는 소식들 말고는 초이스들에 대한 소식을 전혀 접할 수 없었기 때문이다.

"별일이라면, 있었지."

권창우는 지예천도 중국무림협회와 간접적으로 상관이 있다고 생각했다. 그는 중국무림협회와 있었던 일에 대해서 간략하게 설명해주었다.

"오대세가가 괴멸 당했다고?"

"그런 셈이지."

"남궁세가는?"

"아무래도 남궁민이 장로를 살려서 돌려보냈으니까……."

'타격이 없을 것이다'라고 지예천은 예상했다. 남궁세가에 별 타격이 없고, 궁지에 몰린 '그'라면 분명 예전의 녀석들을 불러들일 것이라고 지예천은 생각했다.

"회장님은?"

"안에 계시긴 한데, 아무도 들이지 말라고 하시더군."

우주를 만날 수 없다는 말이었다. 입술을 깨무는 지예천을 보고 권창우가 물었다.

"왜 그러지?"

"둘. 최소 두명만 더 지원해줘. 경호 실력 미달이라도 상관없어. 대신 센 놈들로 가능할까? 회장님의 가족들이 위험할 수도 있어."

심각해 보이는 지예천의 표정을 보고 권창우가 고개를 끄덕였다.

"어디로 보내면 되지?"

"학교. 아영이한테 보내. 그리고 회사에 있는 아버님한테도 한명 붙여주고. 어머님한테는 내가 갈게."

"알겠다. 회장님께서 나오시면 전달하도록 하지. 경호원은 지금 바로 보내겠다."

"고마워!"

지예천이 인사를 하고 뛰쳐나가는 것을 보고 권창우가 고개를 갸웃거렸다. 자세히 물어보지는 못했지만 남궁세가와 관련된 일이라면 하나 생각나는 것이 있었다.

"그나저나 누굴 경호원으로 보내야 하는 거지?"

권창우가 고민을 거듭하다 스마트폰을 꺼내서 한 사람의 번호를 누르기 시작했다.

* * *

"룰루. 오늘 저녁은 무엇을 만들어 먹어볼까……?"

이주영은 풍족해진 생활을 즐기고 있었다. 요리를 즐겨했기에 남편과 딸이 집을 비우자 다른 가정주부들처럼 집을 청소한 뒤 빨래를 하고 쉬다가 차를 몰고 장을 보러 가는 길이었다. 저녁에 맛있는 요리를 만들어볼 생각이었다.
[지예천님이 전화가 왔습니다. 전화를 받으시겠습니까?]
블루투스를 연결해두었더니 차에서 전화가 왔다고 알려주었다.
"어. 연결해줘."
[연결하겠습니다.]
—어머님!!! 지금 어디십니까?!
지예천이 전화를 받자마자 다짜고짜 소리를 치는 바람에 깜짝 놀란 이주영이 핸들을 살짝 틀었다가 원위치 시키면서 말했다.
"예천군! 깜짝 놀랐잖아! 무슨 일인데 그렇게 다급해? 나, 지금 장 보러 가고 있어."
집이 아니라는 말에 지예천은 일단 다행이라고 생각했다. 집은 알려져 있을 확률이 높았다. 권창우에게 듣기로 싸움이 끝난지 만 하루가 지났다고 했다. 의뢰가 들어오는 대로 바로 행동에 옮기는 녀석들의 특성을 생각해보았을 때 오늘이 가장 위험했다.
—죄송합니다. 혹시 지금 어디로 가시고 있으신가요?
"플러스홈으로 가고 있는데? 무슨 일 있어?!"
지예천은 플러스홈으로 가는 최단거리를 내비게이션에 입력했다. 요즘 너무 나태했다고 생각하면서 지예천이 전화상으로 이주영에게 말했다.

—아니요. 무슨 일은 없는데 어머님. 도착하시면 연락주세요. 저도 장 보는 거 도와드리러 갈게요!

“어? 그렇게 해주면 나야 고맙지!! 알겠어. 도착하면 연락할게!”

이주영의 확답을 받은 지예천이 전화를 끊고 액셀을 강하게 밟았다. 학교에 있는 아영도 걱정이 되었지만 권창우를 믿었다. 권창우라면 적합한 녀석을 아영에게 붙여줄 것이다.

만약 지예천의 생각대로 ‘녀석’들을 다시 만나게 된다면 이번에는 끝을 볼 생각이었다.

“제발. 내가 도착할 때까지는 아무 일이 없어야 할 텐데…….”

한편, 지예천과 전화를 끊은 후에 이주영은 플러스홈 마트에 도착해서 차를 주차장에 대고 있었다.

“예천군은 어디까지 왔으려나?”

스마트폰을 꺼내서 지예천에게 전화를 걸려던 이주영은 창문을 톡톡 치는 소리에 옆을 돌아보았다. 검은 양복을 입은 인상 좋아 보이는 남자가 이주영의 차창을 두드리고 있었다. 순간적으로 경각심이 든 이주영이 창문을 조금만 내리고 무슨 일인지 물어보려고 했다.

“무슨 일…….”

치이익.

창문 틈으로 들어온 가스 때문에 말을 잇지 못하게 된 이주영을 보고 남자가 히죽 웃었다.

"쉽군."

남자의 손가락이 흐물흐물한 형태가 되더니 곧 차키 모양으로 변했다. 이주영의 차문에 손가락을 꽂자 정확히 들어맞았다. 찰칵 소리와 함께 남자가 운전석의 문을 열려고 할 때였다.

"그 손 치워!!"

하늘에서 떨어져 내린 지예천이 다리를 남자에게 내려찍었다. 남자는 지예천의 다리에 실린 경력을 느끼고 급히 몸을 뺐다.

"역시 너희들이군."

방금 전의 움직임. 전에 붙었던 녀석들과 움직임이 똑같았다.

"무슨 소리십니까?"

다른 점이 있다면 언뜻 보기에 일반인처럼 보인다는 것이다. 남자가 짐짓 모른 척 연기하는 것을 보고 지예천이 피식거렸다.

"세월이 흐른 만큼 발전했다 이거군."

여기서 녀석을 잡아서 물어보고 싶은 것이 많았지만 자리가 좋지 않았다. 이곳은 대형 마트의 주차장이었다. 분명 CCTV가 있을 것이다. 얼굴이 알려지면 곤란했다.

"누구 지시냐?"

"네?"

"남궁세가냐?"

지예천이 남궁세가를 언급하자 남자의 동공이 흔들렸다.

"맞군."

"생사람 잡지 마시죠!"

남자가 과감하게 등을 돌려서 걸어가는 것을 보고도 지예천은 아무런 행동을 취하지 않았다. 차 안에 있는 이주영이 걱정되었기 때문이다.

"어머님!!"

남자가 완전히 모습을 감추자 지예천이 차문을 열고 이주영의 상태를 체크했다. 다행히 잠든 것뿐이었다. 이주영에게 암수를 뻗었다면 분명 아영에게도 녀석들 중 하나가 접근했을 것이다. 지예천은 차 안의 가스를 권풍으로 몰아내고 이주영을 조수석에 태웠다. 그리고는 강남고등학교로 향했다.

* * *

아영이 다니는 강남고등학교는 소위 엘리트집안의 자제

들이 다니는 학교였다. 그런 학교로 전학생이 왔다는 소식에 강남고등학교의 전교생은 아영을 주목할 수밖에 없었다.

아영의 외모는 뛰어날 정도로 예쁘지는 않았지만 떨어지는 편도 아니었다. 하지만 전신에서 활발함이 넘쳐나고 있었기에 아영은 가만히 있어도 매력을 뿜어내고 있었다.

'전학생이 왔다'라는 소식은 전교생들에게 퍼져서 아영을 인기스타로 만들었다. 강남고등학교에 전학 오는 것은 생각보다 쉬운 일이 아니었기 때문이다.

고등학교 2학년인 아영을 보기 위해서 고3들도 아영의 반까지 왔을 정도였다. 처음에 아영은 왜 이렇게 다들 자기를 보려고 난리인 건지 몰라서 어색하게 웃고 있을 수밖에 없었다.

남녀공학인 강남고등학교였지만 반은 남녀 따로 분반이었다.

2학년 5반. 아영이 들어가게 된 반이었다.

반에 들어와서 자기소개를 하고 자리에 앉자 많은 아이들의 시선이 집중되었다. 그리고 1교시를 무사히 넘기고 쉬는 시간이 되자 같은 반 학우들이 아영에게 몰려들었다.

"선생님한테 물어봐도 안 말해주던데. 너, 어느 그룹 딸이야?"

그중에서 가장 먼저 아영에게 다가온 것은 도도해 보이는 한 여자애였다.

"나? 무슨 그룹?"

"하. 얘 봐라. 시치미 떼지 말고 얘기해."

처음 전학 갔을 때는 아영도 우주가 UN그룹의 회장이라는 사실을 몰랐다. 그랬기에 아영은 눈앞의 여자애가 무슨 말을 하는 건지 하나도 알아들을 수 없었다.

"저기, 정말 난 네가 무슨 소리하는지 모르겠는데?"

"너희 아버님 무슨 회사 다니시냐고 묻는 거잖아!"

도도해 보이는 여자애 옆에 서 있던 애가 답답하다는 듯 소리쳤다.

아영은 왜 이렇게 모두가 둘러싸서 제 아빠의 직업을 캐내는 건지 이해할 수가 없었다.

전학 오자마자 친하게 지내자고 말을 걸어오는 친구는 한명도 없고, 이렇게 윽박을 지르는 애들만 있다니. 기분이 상한 아영이 낮게 깔린 목소리로 말했다.

"내가 왜 너희한테 그걸 말해줘야 되는 건데?"

"하. 이것 봐라?"

처음 말을 걸었던 여자애가 가까이 다가오자 아영이 자리에서 일어났다.

"한대 치겠다?"

아영의 키는 170이었다. 어렸을 때부터 또래의 여자애들보다 컸던 아영은 평범한 아이로 자랄 수 없었다.

이상하게도 아영에게 시비를 거는 사람들이 많았다.

그래서 그녀는 어릴 때부터 격투기를 배웠고, 예전에 있던 학교에서도 아영에게 뭐라고 할 수 있었던 사람은 단 한명도 없었다.

그렇다고 일탈을 일삼는 아이들과 어울려 다니지는 않았다. 집에서 공부를 하는 오빠를 보면서 아영도 착실하게 공부를 했다. 그리고 그 덕인지 일진들과 어울리지 않을 수 있었다.

물론 어울리지 않았지만 일진들과 싸운 적은 꽤 있었다. 그리고 그때마다 아영은 단 한번도 싸움에서 진 적이 없었다.

아영이 일어서자 아영의 키에 압도당한 여자애가 주춤거렸다. 하지만 곧 쫄았다고 생각한 자신이 부끄러웠는지 과감하게 아영에게 손을 뻗었다.

머리채를 잡아채려고 한 것이다. 하지만 여자애가 뻗은 손은 아영의 머리에 닿지도 못한 채 잡히고 말았다.

"실망이야. 강남고등학교, 이런 학교인 줄 알았으면 안 왔어."

아영은 이런 상황까지 왔는데 아무도 나서지 않는 것을 보고 주변을 돌아봤다.

아영의 말에 움찔거리는 사람들이 눈에 들어왔지만 그들

은 나설 수가 없었다.

아영이 잡고 있는 손의 주인, 2학년 5반 반장을 맡고 있는 여자애는 K그룹의 막내딸이었기 때문이다.

K그룹의 눈 밖에 나서 부모님들이 타격을 입을 것을 생각하면 아영처럼 행동할 수 없었다.

"너, 너. 내가 누군지 알고!!"

"네가 누군지 관심 없으니까 이제 귀찮게 하지 말아줬으면 해."

K그룹의 막내 딸, 오하영의 손을 놔준 아영이 교실 밖으로 나갔다.

많은 사람들이 몰려 있었지만 아영이 나가자 모세의 기적처럼 길이 열렸다.

아영은 그 모습을 보고 한숨을 쉬면서 계단을 올라갔다.

아영은 옥상으로 나가 바깥 공기를 쐬면서 주저앉았다.

"아. 또 사고 쳤네."

'전학을 왔으니까 이번에는 원래 다녔던 학교처럼은 안 다녀야지'하고 생각을 하고 있었다. 그런데 첫날부터 사고를 쳐버렸다.

이제 학교에 소문이 쫙 퍼질 것이고, 아영에게 다가오는 사람은 없을 것이다. 그렇게 생각했다.

"야. 박아영. 오늘도 남친이 태워줬냐?"

"하하. 어쩔 수 없잖아. 그게 내 남친 일인걸?"
"이년이? 감히 등굣길부터 솔로의 염장을 질러?!"
경은이 없었더라면 분명 아영은 전과 다름없는 학교생활을 했을 것이다. 전학 온 첫날, 그런 일이 있은 후에 아영은 당연히 아무도 다가오지 않을 줄 알았다. 그런데 MM 방송국 국장의 딸, 이경은은 아무렇지 않다는 듯 아영에게 다가왔다.
K그룹도 MM방송국은 건드리지 못했기 때문에 이경은이 아영에게 다가올 수 있었을 것이다. 아영도 지금은 그 사실을 알았다.
우주가 전 세계적으로 큰 이슈가 되고 있는 초이스이자 UN그룹의 회장이라는 사실을 알게 된 지금은 집안과 권위의 힘이 얼마나 대단한지 몸으로 체감하고 있었다.
"미안, 미안!"
"이경은. 조용히 좀 해줄래?"
"아? 시끄러웠어?"
반으로 들어오자마자 이경은을 부르는 오하영의 목소리에 이경은이 오하영을 돌아봤다.
오하영은 그날 이후로 아영과 경은을 아주 눈엣가시로 보았다.
지금이야 아영이 UN그룹 회장님의 동생이라는 사실을 알고 찍소리도 못하고 있었지만 그래도 이경은에게는 사사건건 시비를 걸고 있었다.

"공부를 방해했다면 미안한데, 공부하는 것 같지는 않아 보이는데?"

휴대폰을 들고 있는 오하영을 지적하자 오하영이 화들짝 놀라서 휴대폰을 주머니에 넣었다. 무엇을 보고 있었는지는 모르겠지만 당황하는 것 같았다.

아영이 뭐라고 말하려던 찰나에 선생님이 들어오셔서 둘은 자리에 앉았다.

"다 왔지? 오늘은 128쪽 펴."

수업이 시작되었고 아영은 눈빛을 반짝이면서 수업을 열심히 듣기 시작했다. 그리고 그런 아영을 옆 건물 옥상에서 지켜보고 있는 남자가 있었다.

"저, 아이인가?"

"네. 그런 것 같습니다."

"흥. 동생을 저렇게 무방비 상태로 두다니. 박우주란 놈도 멍청하군."

"이 학교 안에서는 안전하다고 생각했겠지요."

강남고등학교는 유명한 그룹의 자제들이 많은 만큼 철통 보안을 자랑하는 학교였다. 하지만 그것도 일반인들의 수준이었다.

현 세상에서 초이스를 상대할 수 있는 것은 같은 초이스밖에 없었다. 그리고 아영을 주시하고 있는 남자들 역시 초이스였다.

"그놈은?"

"박우주의 엄마 쪽으로 붙은 것 같습니다."

"그놈, 얼굴이 익숙해. 어디선가 본 놈인데……."

"알아볼까요?"

양복을 갖춰 입은 남자가 고개를 저었다. 어차피 박우주의 동생만 납치하면 다음에 보게 될 것이다. 그때 물어보면 된다고 생각했다. 양복을 입은 남자가 경비복을 입고 있는 남자에게 말했다.

"됐어. 그냥 계획대로 점심시간에 빠져나갈 수 있게 준비해둬. 엄마 쪽이 실패할 수도 있을 것 같으니까. 동시간대라면 녀석은 이쪽으로 오지 못하겠지."

"네. 알겠습니다."

경비복을 입은 남자가 사라지자 양복을 갖춰 입은 남자가 계속해서 아영을 주시했다. 무언가 불안했다. 지예천의 얼굴이 계속해서 머리에 아른거렸다. 양복을 갖춰 입은 남자는 상념을 지우기 위해서 고개를 흔들었다.

* * *

점심시간이 되었다. 아영은 경은과 함께 밥을 먹기 위해 식당으로 향했다. 엘리트 학교라 그런지 식당시설도 남달랐다.

교실이 있는 본관과 떨어져 있는 식당에는 학생들이 자유롭게 먹고 싶은 메뉴를 먹을 수 있도록 다양한 요리가 준비되어 있었다. 그것도 최고급들로.

"정말, 난 아직도 여기가 적응이 안 된다니까."

"하루아침에 공주님 된 기분은 어때?"

"그 질문, 매일하는 거 알고 있어?"

아영과 경은은 오늘은 무슨 메뉴를 먹을까 고민하다가 돈가스를 주문했다. 돈가스가 나오기를 기다리는 동안 아영이 폰을 만지작거리고 있자 경은이 눈을 흘겼다.

"남친하고 연락 하냐?"

"응. 이상하게 오늘따라 연락이 없었네."

"바쁜가보지."

'바쁠 일이 없을 텐데…'하고 생각한 아영이 메시지를 보내자 금방 답장이 왔다.

[무슨 일 없지?]

[응? 아무 일 없는데?]

답장이 오는 것을 보고 '또 과하게 걱정을 하는가보다' 하고 생각한 아영이 폰을 내려놓았다. 연락을 취하기는 했으니 이제는 경은을 신경 써줄 차례였다.

"뭐래?"

"무슨 일 없냐고 그러는데? 요즘 들어서 과잉보호라니까."

"킥. 그 과잉보호, 우리 학교 학생들은 대부분 느껴봤을걸?"

강남고등학교의 전교생 모두가 돈 많고 힘 있는 집안의 자제들이었다. 혹시나 있을 위험한 일들을 당하지 않도록 귀가할 때 경호원이 데리러 오는 애들이 대부분이었다.

"그런가?"

"그래. 너무 걱정하지 마. 설마 학교에서 무슨 일이 생기겠어?"

"그렇겠지?"

그렇게 이야기를 나누면서 점심을 뚝딱 해치운 아영과 경은이 다시 교실로 향할 때였다.

"거기 학생들~ 혹시 나 좀 도와줄 수 있겠니?"

경비아저씨가 아영과 경은을 불렀다. 아영과 경은은 짐을 많이 들고 있는 경비아저씨를 보고 그에게 다가갔다.

"우와. 무슨 짐을 이렇게 많이 들고 계세요?"

경비아저씨는 얼굴까지 가릴 정도로 큰 박스를 여러 개 들고 있었다. 그런 경비아저씨를 보고 아영과 경은이 놀라서 맨 위에 있는 박스를 받으려고 했다.

"허허. 고맙구려. 착한 아이들이구나."

모자를 푹 눌러써서 얼굴이 자세히 보이지 않았다. 아영이 박스를 받아들고 경비아저씨에게 물었다.

"이 짐들, 어디로 가져가면 돼요?"

"교무실이란다."

"아, 네. 그럼 같이 가요!"

"그래. 고맙다."

앞장서서 안내를 한다고 스산하게 빛나는 경비아저씨의 눈빛을 보지 못한 아영과 경은은 신나게 수다를 떨기 시작했다.

식당에서 교무실이 있는 학교 본관까지 가는 길에 CCTV의 사각지대가 있다는 것을 아영과 경은은 알지 못했다.

설마 학교에 경비원으로 잠입할 것이라고는 생각도 못했을 것이다.

그렇게 경비아저씨는 앞장서서 걸어가는 둘을 따라가다가 CCTV의 사각지대에 도착하자 짐을 내려놓으면서 소리를 냈다.

"아이고."

"왜 그러세요?"

"조금만 쉬었다 가면 안 될까?"

경비아저씨의 말에 아영과 경은이 서로를 바라본 뒤에 말했다.

"그럼 저희들끼리 먼저 이 짐 가져다 두고 올게요!"

아영이 그렇게 말하자 경비아저씨가 중얼거렸다.
"아저씨가 쉬자고 할 때 쉬었어야지."
"네?"
"그랬으면 너희들, 고통 없이 데려갈 수 있었는데 말이야."
경비아저씨의 모습이 사라졌고 아영과 경은은 팍 하는 소리와 함께 정신을 잃어갔다.

〈다음 권에 계속〉